オーセッセン・ベーイプイプイの物語

麻野 あさ

文芸社

オーセッセン・ベーイプイプイの物語◇目次

登場人物紹介

◆オーセッセン・ベーイプイプイ
ゴル爺《じい》の焼いた手焼き「せんべい」。オープイは、たくさんある呼び名の一つ。ゴル爺と暮らしている。

◆ゴル爺
きこり。《ゴル爺の森》の管理人。便利屋。空も飛べる。

◆とろ爺
大きな池のある公園の東に住む。とろ爺の友人。

◆おばあさん
孫のカザムと暮らす。

◆カザム
おばあさんと暮らす少年。

◆トビー
ゴル爺が木を削って作った木製のトビウオ。とろ爺特製の小さいソリを引く。

◆ガチー
ゴル爺が木を削って作った木製のガチョウ。とろ爺特製の小さいソリを引く。

◆クロッキー　カザムの家の飼い猫《ねこ》。黒猫。

◆アイシャ　アフリカの小学生の女の子。髪《かみ》を一つにまとめている。親指ピアノを弾《ひ》く。

◆マリ　アフリカの小学生の女の子。髪を二つに結んでいる。親指ピアノを弾く。

◆洞窟《どうくつ》さん　まだ世間に知られていない洞窟、とろ爺の友人。

◆ドリリ　クマゲラ

◆ブルーク　クジラ

プロローグ

オーセッセン・ベーイプイプイという名まえを聞いたことがあるでしょうか。耳慣れない名まえかもしれませんね。少し呼びにくい名まえです。

オーセッセン・ベーイプイプイは、「オーセッセン！」と呼ばれたり、「ベーイプイプイ！」と呼ばれたりします。「ベーイプイ！」と、「プイ」を一つ省略して呼ばれることもありますし、たまに「プイッ！」とだけ呼ばれることも。

「オープイ！」と呼ぶ人もいますし、もちろん「オーセッセン・ベーイプイプイ！」と、まるまる全部呼んでくれる人もいますよ。

どこかでオーセッセン・ベーイプイプイを見かけたら、ぜひ声をかけてくださいね。

どんな風に呼ばれても、オーセッセン・ベーイプイプイは、「はーい、はいはい！」と元気よく答えるはずです。まぁ、たまには元気がなくて、ショボショボヘロヘロ、「ハァ〜〜ィ〜」と返事をすることがあるかもしれませんが……。

オーセッセン・ベーイプイプイは、ゴル爺《じい》の手仕事によってこの世に誕生しました。聞いたところではこうです。

☆

――森の住人ゴル爺はきこりで、《ゴル爺の森》の管理人でもあります。ゴル爺は《ゴル爺の森》の中の丸太小屋に住んでいます。

さて、このゴル爺、しょっちゅう自分でせんべいを焼きます。まあ、この人は、丸太小屋をはじめ、身の回りの物は何でも自分で作ってしまう人ですから、せんべいを焼くくらい、どうってことはありません。

《ゴル爺の森》には、果物やいろいろな実のなる木があるし、畑もあって、そこでゴル爺は米や麦、野菜や芋《いも》を作っています。野苺《のいちご》やハーブも採れるし、森の枯《か》れ葉の下からは、きのこもキニョキニョッと顔を出します。そんないろんなものを材料に、ゴル爺は毎日の料理を作り、クッキーやせんべいを焼いたりもするのです。

☆

春の初めで、まだかなり肌寒《はだざむ》かったその日の夕方、ゴル爺はベランダでせんべいを焼きはじめました。せんべいを焼くには、米の粉を蒸して搗《つ》いてのばして型抜《かたぬ》きし、日光に当てて、からりと干しておく準備が必要です。

ゴル爺は、真っ赤な炭でしっかり熱くした鉄板の上に、天日干しを済ませたせんべいを並べていきます。せんべいがふくれてくると、土瓶《どびん》のふたのような物でクッと押《お》さえて平らにします。引っくり返して裏も同じように平らにしながら焼き上げていきます。そうやって一枚また一枚と焼いていきます。

上手にせんべいを焼くには、何と言っても火加減が大事ですが、一方で、せんべいから片時も目を離《はな》さないようにしなければなりません。

その日のせんべいは、黒豆入りのせんべいでした。ゴル爺は慣れた手つきで焼き加減を確かめ、仕上げに刷毛《はけ》でタレ（甘辛醤油《あまからしょうゆ》味だったそうです）をササッと塗《ぬ》って、笊《ざる》に取り出し、広げていきました。辺りには、何とも言えない香《こう》ばしい匂《にお》いが立ち込《こ》め、大きな笊は、たちまち焼きたてのせんべいでいっぱいになりました。

と、ちょうどその時でした。それまでシーンと静まり返っていた夕暮れの森の奥《おく》から、ゴル爺の丸太小屋めがけて、風がさわぁーっと吹《ふ》いてきました。そして吹いてきたかと思うと、笊の中のせんべいをひゅるんふわふわーっと空中に巻き上げました、一枚残らず。ほら、軽いでしょ、せんべいって。あっという間に、笊いっぱいのせんべいは、うーんと上の方まで吹き上げられていきました。

鉄板の上には、ゴル爺がちょうど取りあげようとしていた最後の一枚が残っていましたが、その最後の一枚も、少し遅《おく》れて空高く昇《のぼ》っていってしまいました。

そうやって風に吹き上げられたせんべいは、そのまま、あっちへふわふわ、こっちへふわふわ、しばらく空を漂《ただよ》っていました。それはまるで、夕日を受けて、黄金《こがね》色に輝《かがや》く蝶《ちょう》や花びらが軽やかに舞《ま》っているようにも見え、とても華《はな》やかだったようです。なんだかうっとりしてしまいます。何と言ってもこれはオーセッセン・ベーイプイプイの誕生秘話なのですから……。

でも風は、吹いてきた時と同じように、急にピタリと止んでしまいました。すると、それまで軽やかに上空を漂っていたせんべいは、はらはらぱらぱらと地上に舞い戻《もど》ってきました。

そのまま笊の中に戻ってくるせんべいもありましたが、鉄板の上に降ってくるせんべいもあったので、それまでぽかんと空を見上げていたゴル爺は、はっと我に返って、降り注ぐせんべいを急いで笊に取りこみました。もう、ほどよく焼けているのですから、これ以上焼いて、焦《こ》がしてしまっては台無しです。

ところが、一枚だけ、ずいぶんと遅れて戻ってきたせんべいがありました。その一枚は、鉄板から直接飛び立っていった最後の一枚でした。

このせんべいは、蒸して麵棒《めんぼう》でのばした生地を型で抜き、最後の最後に残った細切《こまぎ》れの残り生地を、全部集めて丸め直し、もう一度円くのばしたものでした。直径十五センチもあるでしょうか、ほかのせんべいに比べて一回りも二回りも大きく、形もデコボコしていました。

その残り生地の一枚は、夕日を受けながら、くるりくるり、ゆらりゆらり、あっちへふわりこっちへふわり、行ったり来たり、空中散歩を楽しむかのように、ゆっくりゆっくり舞い戻ってきました。そうやって戻ってくると、このせんべいは鉄板の上でも笊の中でもなく、なんとゴル爺の肩《かた》の上に降りてきて、そこにチョコンと止まったのです。そして止まったかと思うと途端《とたん》に、スースーと軽い寝息《ねいき》をたて、ゴル爺の肩の上で眠《ねむ》ってしまいました。

オーセッセン・ベーイプイプイの誕生です。

ゴル爺はというと、自分の肩の上で眠ってしまった残り生地のせんべいを、ちらりと見るには見ましたが、たいしておどろいた様子もなく、眠たけりゃおれの肩の上で寝てりゃいいさと、そんな感じだったそうです。

そしてゴル爺は、眠っているせんべいを肩にのせたまま、いつも通りの夕方の仕事を、いつも通りにこなしていきました。薪《まき》を割り、キノコや野菜がたっぷり入ったスープを作り、炊《た》きたてのご飯を三角に結び、ちょうどいい具合に発酵《はっこう》させたパン種からは、塩味のきいたパンも焼きました。山羊のミルクのチーズや野菜の酢漬《すづ》けも取り出しました。山桃《やまもも》のお酒やぶどうジュースも並びました。

実はその日、ゴル爺は、冬の間がまんしていたベランダでの食事を、何が何でも今日から始めようと決めていたので、一日中そのことで頭がいっぱいでした。ベランダと言っても外に向かって張り出した大きな板の間のようなものですが、屋根も付いているので、真冬以外は、過ごそうと思えば、一日中ベランダで過ごすこともできます。

森を渡《わた》る木枯らしが、ヒューヒューうなる寒い冬の夜、赤く燃えるストーブのかたわらでとる食事は、それはそれでとても心地良いものです。うんざりする暑さで体がベトベトする夏には、雪景色と共に思い出してうっとり懐《なつ》かしむ冬の食卓《しょくたく》です。

けれども春の初め、芽吹きはじめた草や木の香り、ゆるみはじめた土の香りが、ひんやりとした空気の中にただよいはじめると、外で食事をするにはまだ少し早い季節でも、ゴル爺はもうがまんできなくなるのです。寒くて早々に家の中に戻ることになるかもしれない、そうわかっていても、外で夕食を取りたい気持ちでいっぱいになるのです。

夕日はまだ西の空に残っていましたが、ゴル爺は早めにランプに灯《ひ》を入れ、夕食のテーブルを整えました。ベランダには電線も引いてあるので、電灯を点けることもできますが、何と言ってもランプの明かりは食事をおいしくしてくれます。取っておきの日、ゴル爺はランプに灯を入れます。

それから、ゴル爺は軒先《のきさき》の大きな赤い提灯《ちょうちん》にも灯をともしました。ゴル爺はこの赤く映える提灯が大好きでしたし、ここを訪ねる人がいたら道しるべにもなるだろうと、こればかりは毎日欠かさずともすのです。

夕刻、ゴル爺を訪ねてくる人もこの明かりを見るとほっとします。この赤い提灯は、ゴル爺の在宅を知らせてくれますし、何よりも自分の訪問が歓迎《かんげい》されているようでうれしい気持ちになるのです。

☆　☆

オーセッセン・ベーイプイプイ！　ここでは、オープイと呼ぶことにしましょう。

ぐっすり眠ったオープイは、がっしりとしたゴル爺の肩の上で目を覚ましました。思いっきり大きな伸びをしたせいで、あやうくずり落ちそうになったオープイを、ゴル爺はひょいとつまみ上げると、ふかふかのバスタオルでくるみ、そのまま春一番の夕食のテーブルに招待してくれました。目が覚めてみるとゴル爺の向かい側に、もう、オープイの席が用意されていたというわけです。

食卓を前に座ったオープイは、甘辛醤油せんべいを思い出させる浅黒い肌に、黒大豆のつぶらな瞳《ひとみ》が愛くるしい顔立ちで、いや、目だけでなく鼻や口、耳も黒大豆の特《とく》徴《ちょう》を持っていて、何ともキョトンとしたような表情をしていました。

最初の数日、オープイは、ゴリラのぬいぐるみに着せてあった服を借りて着ていました。このゴリラは、チャグーの村の市《いち》に出すために、ゴル爺が時々作っているぬいぐるみで、使い古しのジーンズで作ったつなぎを着ていて、背にはこれもジーンズ製のリュックを背負っていました。

それが、オープイにとてもよく似合ったので、ゴル爺は、オープイにもジーンズのつなぎを作り、おそろいのリュックも作りました。オープイもとても気に入って、ずっとその格好で通しています。そういうわけで、オープイはいつもリュックを背負っています。

オープイは、ゴル爺やゴル爺の友人のとろ爺、チャグーの村人と過ごすうち、次第に人間らしい表情、人間らしいしぐさを身につけていきました。

ともかく、オープイはそれ以来ずっとゴル爺のところ、チャグー村の村人が《ゴル爺小屋》と呼ぶゴル爺の森の家で、ゴル爺と暮らしています。

☆

オープイが生まれた日、オープイがゴル爺の食卓に招待されたその日、オープイのとなりにもう一つ席が用意されていました。とろ爺の席です。いや、とろ爺の席のとなりにオープイの席が用意されていたと言うほうが、正確かもしれません。とろ爺の席のほうが定席《じょうせき》で、その横に、突然《とつぜん》現れたオープイの席を準備したわけですから。で

も、ゴル爺小屋では、急の来客があって席を増やすなんてことはしょっちゅうでしたから、ゴル爺にとっては、どうってこともありません。

食卓のもう一人のゲスト、とろ爺は、《ゴル爺の森》に一番近い人里、チャグーに住んでいて、若い人がほとんど町へ行ってしまった村で便利屋をやっています。ゴル爺もがっしりとした体格の大きな男ですが、とろ爺ときたら、バスケットボールの籠にもひょいと手が届きそうな大男で、たいへんな力持ち。また、メカやハイテクにもめっぽう強く、何事もさっさと決めてさっさと動いてくれるので、老人の多いチャグーにとっては、なくてはならない人物です。

頼《たよ》りにされている分、とろ爺は忙《いそが》しく動き回っていますが、暇《ひま》ができればゴル爺のところにやってきて一緒《いっしょ》に食事をしたり、お茶を飲んだり、一杯《いっぱい》ひっかけたり、時には何にもしなかったりしています。

軒先の赤い提灯は、とろ爺に向かってゴル爺が「夕飯の支度はできておる」と知らせる合図の意味もあるのです。

とろ爺はまた、人付き合いが苦手でメカに弱いゴル爺の代わりに、村のニュースを届けたり、電気器具の修理をしたり、しなくてはならない手続きや申請の代行をしてゴル爺を助けます。ゴル爺はそんなとろ爺を、《ゴル爺の森》ならではの手料理と、ゆったりとした時間でもてなします。オープイに、誕生の様子をありありと目に浮《う》かぶように語り聞かせてくれたのも、とろ爺です。無口でのっそりのっそり動くゴル爺と、名まえに似合わず、せかせかさっさと動きまわり、話し上手で陽気なとろ爺は、ほんと凸凹《でこぼこ》コンビです。

ずっと後になってオープイは、「ゴル爺は、わたしの生みの親ってわけですね」と、とろ爺に聞いてみたことがあります。すると「何の、ゴル爺がお前の親なんかであるものか。お前は、火と風と地の恵みから生まれてきたのさ」と、あっさり言われてしまいました。まっ、でも、少なくともゴル爺がオープイの育ての親であることは、まちがいありません。

☆

ところで、《便利屋のとろ爺》は、一方では、空を飛ぶことくらい「お茶の子さいさいへのかっぱ」の不思議な老人で、最初のうちオープイは、とろ爺と一緒にいて驚かされることがたびたびありました。

そう言えばこんなことがありました。

大きな郵便かばんを肩から下げて、村の家々に郵便を届けるとろ爺に、オープイは付いていったことがありました。とろ爺が、右から斜《なな》めに郵便かばんをさげていたので、オープイは、とろ爺の左の肩に腰《こし》かけて郵便配達に同行したのでした。

とろ爺の肩幅《かたはば》は、とても広くて、がっしりしているので、オープイは、まるで木のベンチに腰かけて世の中を見渡しながら移動しているような気分になりました。

村の中を大またですたすたと歩いて、とろ爺は郵便をどんどん配っていきました。時には庭に出ている村人に、次の市の立つ日に何を出すのかとたずねたり、一方で、村人から屋根の修理を手伝ってほしいとか、webで本を注文してくれないかとか、頼まれたりするのでした。

その日は、郵便を届ける家がいつもより多かったのでしょう、もうすぐお昼だとい

うのに、郵便かばんの中にはまだずいぶんと郵便物が残っていました。すると、

「えい、時間がない」

そう言ったかと思うと、ひょいっと大きなジャンプを一つしました。するとどうでしょう。ずいぶん離れた次の家まで、とろ爺はひとまたぎで来ていました。そうやって、村の家と家とが離れているところは、このひとまたぎジャンプで距離《きょり》と時間を縮め、昼までにめでたく郵便物を配り終えました。

オープイは、とろ爺の肩の上で、この途方もなく大きなひとまたぎを経験することになりました。オープイが、ちょっとびっくりしたような表情を見せたからでしょうか、とろ爺は「なに、郵便は昼飯前に届くものと思っているからな、村のみんなは。期待を裏切っちゃいかん、ふむ」と、頭をごしごしかきながら弁解するのでした。

こんなこともありました。道に迷って沼《ぬま》にはまってしまった町の車を、とろ爺はいとも軽々と沼から引きずり出しました。またその同じ沼に大切なエンゲージリングを落としてひどくなげいているチャグー生まれの若い娘《むすめ》のために、泥《どろ》の中からあっという間に指輪を探し出してきたりしました。

落雷《らくらい》で山火事が起こったときは、どこかから雨雲を引っ張ってきて、山火事のそこにだけ集中的に雨を降らせ、難なく火を消し止めました。たまたま、その一部始終を目撃《もくげき》した若者が、スマホで撮《と》って、動画サイトに投稿《とうこう》したので、この出来事はあっという間に世界を駆け巡り、ちょっとした話題になりました。若者はその動画に、「気まぐれ雷神《らいじん》、自作自演の消火劇！」とコメントを付けていたので、その言葉通り、人々は自然界の愉快《ゆかい》な出来事として楽しんだのでした。ですから火を消し止めたのが、とろ爺だということには誰《だれ》も気がつきませんでした。雲を引っ張っていったとろ爺や、そのとろ爺の首根っこにしがみついていたオープイは、雲に紛《まぎ》れて映っていませんでしたから。

最初のうちこそ、そういったとろ爺の人間離れした行動にいちいち驚いていたオープイですが、それも間近で見慣れてしまうと、あまり不思議なことに思えなくなるのでした。それが、とろ爺の個性というか、独特の癖《くせ》というか、そんなものに思えてきたからです。癖は誰にでもあるものですが、その癖がほかの人に比べてとろ爺の場合は、とび抜けて変わっていて、しかも変化に富んでいるのだと、オープイは考えるようになりました。そう考えると、とろ爺のどんな行動も納得がいくのでした。

☆

とろ爺は、オープイに何一つ教えてはくれなかったのですが、そのうちオープイは、とろ爺の得意技を少しずつ少しずつ身につけていきました。とろ爺の考え方や感じ方、呼吸の仕方や身のこなし方、もっと言えばとろ爺を丸ごとまねるうち、ひょいとできていることがあったのです。

そうやって、まるっきりまねをしているにすぎませんでしたが、オープイにもできることが少しずつ増えていきました。ですから、とろ爺はオープイの師匠と言ってもいいでしょう。でもそんなことをとろ爺に言いでもしたら、

「何の、おれがお前の師匠なんかであるものか」

と言うにちがいありません。ですから、オープイも、とろ爺を「師匠！」と口に出して呼んだことは一度もありません。でも心の中ではひそかに、（とろ爺こそ、わが

師匠）と思っています。

一方のゴル爺は、オープイに、森での暮らし方を手取り足取り教えてくれました。森で暮らしていくには、細々《こまごま》したことをたくさん身につけなければなりません。キノコ一つにしても、毒キノコを見分けられなかったら簡単に命を落としてしまうことになるでしょう。森を守り、森から暮らしに必要なものを収穫すること、畑の作物を育て、家畜の世話をすることなど、オープイは、ゴル爺と一緒に働きながら覚えていきました。今ではたとえゴル爺が数日家を空けたとしても、オープイは困ることなく森や畑や家畜の世話ができるでしょう。

ともかく、この世に誕生して最初に出会った大人が、ゴル爺、とろ爺、二人の老人であったことは、オープイには、とてもラッキーなことでした。

これまでオープイは、二人の間にはさまれて生きてきましたし、きっとこれからもずっとそうやって生きていくことでしょう。

——これが、オーセッセン・ベーイプイプイの誕生の物語です。

第一章　ソリでお使い

この数日、チャグー村もゴル爺の森も、大きな池のある公園も雪で真っ白です。それほど積もってはいないのですが、細かくてサラサラとした雪がいつもの風景をすっぽり包んで見慣れないものに変えてしまいました。

早めの夕食の後、オープイは屋根裏の自分の部屋の窓から、外をうっとりとながめています。ああ、いくら見ても見あきない雪景色です。なんだか夢の中に一人放り出されてしまったような……胸の奥がシーンと静まり、寂しさがこみあげてくるのですが……でも心はどんどん安らかになっていきます。

空は、深い藍色《あいいろ》に澄みわたっています。

夕食にやってきたとろ爺は、食後のお茶もそこそこに配達に出かけていきました。近頃はけっこう夜の配達もあって、とろ爺はしばしば食後のくつろいだおしゃべりをあきらめて腰を上げます。

とろ爺のいないそんな夜、ゴル爺は何かと夜なべ仕事を見つけてはゴソゴソしていますが、今夜はランプを持って納屋に出かけていきました。納屋は、ゴル爺にしかわからない楽しみがいっぱい詰まった、ゴル爺の秘密基地のようなところです。

☆

オープイは、夜と雪の景色をながめながら次第にわくわくしてきました。とろ爺のところからやってくるソリを待っているのです。さっき、とろ爺は帰りがけに突然、

「おれの小さいソリをよこすから、それに乗って一か所だけ配達を替わってくれるかい」

と言い出したのです。

オープイは、もちろん大喜びで引き受けました。オープイは、今では空を飛べますから、どんなお使いでも空を飛んでいけば、あっという間です。でもとろ爺は、オープイの気持ちを察して、わざわざソリのお使いに誘ってくれたのです。こんなすてき

な雪の夜にとろ爺特製のソリに乗って出かけられるなんて、ワックワクです！

もちろんゴル爺もソリを持っています。冬場、《ゴル爺の森》では、ソリが活躍《かつやく》します。でも、それは馬が引く、ごく普通のソリで、とろ爺のソリとはまるで別物です。とろ爺のソリは、まったくまったく特別のソリなのです。

とろ爺に頼まれた配達先は、大きな池のある公園の東に住むおばあさんのところです。おばあさんから、孫にけん玉を届けて欲しいという依頼があったというのです。

このおばあさんは、とろ爺の親しい友人でもあります。ま、この辺りの村人は、とろ爺にとっては、みんな友達みたいなものですが。とろ爺特製の揺《ゆ》り椅子を愛用しているシャキシャキしたおばあさんのことは、とろ爺とゴル爺の会話の中に時々登場するので、まだ会ったことはありませんでしたが、オープイは、以前からよく知っている人のような気がしています。

おばあさんは孫のカザムと大きな池のある公園の東に住んでいます。

とろ爺は、「ついでにばあさんに、ゴル爺のせんべいを持っていってくれ、あいつは、ばあさんのくせに、えらく歯が丈夫《じょうぶ》でカリポリカリポリ実にうまそうにゴル爺のせんべいを食うのさ」と付け加えました。もちろんオッケーです！　オッケーですとも！　オープイのリュックの中には、いつもゴル爺特製のせんべいが入っているのですから。

おや、遠くから、かすかに鈴の音が聞こえてきます。軽やかで澄んだ鈴の音が、だんだんと近づいてきます。ソリの鈴の音です。とろ爺は大きなソリに乗っていますが、オープイに送ってよこすのは、小さくてかわいいソリです。

さあ出かけよう。リュックを背負うと、オープイはソリの到着を待ちました。リュックには、ゴル爺のせんべいが入っていますし、けん玉は、ソリに乗せてあるはずです。

オープイは、納屋に行ってゴル爺に声をかけました。

「じゃあ、ちょっとお使いにでかけます。すぐに帰ってきますから」

大きな背中を向けて、なんだかつくろい物をしているようだったゴル爺は、「おぉ、うむ、うむ」とか何とかブツブツとつぶやきました。

とろ爺の小さいソリが、軒先の赤い提灯に照らされて止まっています。木製の箱型のソリで、四角い囲いが、前方が反り返った二本のソリ板の上に乗っているだけのソリですが、よく見ると四角い囲いには刺繍《ししゅう》のような細かい模様《もよう》がていねいに彫りこんであります。

ソリを引いているのは……犬？　でもトナカイ？　でも馬？　でもなく……なんと木製のトビウオとガチョウです！

実のところ、とろ爺のソリはどれも、犬が引かなくてもトナカイが引かなくても、勝手に動きまわるソリなのです。チャグーの村人は、とろ爺が雪の積もる時期に配達用に重宝している大きなソリが、動力無しで動いていることに、まったく気がついていないようです。まあ、気がついたところで、チャグーの村人は、それほど驚きはしないかもしれません。人の世では、どんなことが起こっても不思議はないと、村の人たちはどこか思っている節《ふし》がありますから。

でもゴル爺は、目に見える動力源もなく雪道を走り、時には空も飛ぶ、とろ爺所有のソリがいつも気になっていたらしく、ある時オープイに貸してくれる小さい方のソリに、勝手に木を削って作った、トビウオとガチョウをくっつけてしまったのです。

ざっくりとした形で、作り方も荒削りです。工作のようなことは、とろ爺が断然得意なのですが、木で作ったトビウオやガチョウを、トナカイや犬の代わりにソリにつなごうなんてことを、とろ爺は考えません。

オープイは、この小さなソリを引いてくれることになったゴル爺手製の、木のトビウオとガチョウがとても気に入って、すぐに名まえをつけました。トビウオはトビー、ガチョウはガチー。

オープイは、いつもトビーやガチーに話しかけながらソリを走らせます。上機嫌でついつい調子っぱずれの歌を歌っているときなど……オープイはお世辞にも歌が上手とは言えませんが……彼らも一緒になってリズムに乗り、楽しんでくれているように見えます。

「こんばんはトビー！　こんばんはガチー！」

オープイは元気よくソリに乗り込むと、荷台に置かれたけん玉の袋を確かめ、リュックからせんべいの袋を取り出して、忘れないようにけん玉と一緒にしておきました。

さぁ、出発！　オープイは、手綱《たづな》を大きくブルンと振《ふ》りました。

空は澄み渡り、青白い月の光が、きらきらきらきら一面の雪景色に降りそそいでいます。そんな中、鈴の音を響《ひび》かせながら、ふかふかの新しい雪の上をソリで滑っていくのって、ほんと最高です。

とろ爺特製のソリですから、もちろん空を飛ぶこともできますが、オープイは雪道を走ることにしました。それも、雪景色をできるだけ長く楽しむためにわざわざ遠回りをして、ゆっくりと。

雪はほとんど止んでいましたが、時折、積もった雪の重みに耐《た》えきれなくなった枝が不意にしなって粉雪をまき散らし、辺りをパッと華やかにします。雪を乗せた両側の並木の列が深い藍色の空を縁取《ふちど》っています。オープイは、手綱さばきもそっちのけで、首をうーんとのけぞらせて空を見上げました。雪をかぶった並木は後ろにどんどん流れ、白銀の並木に縁取られた藍色の空が続いていきます。誰も気づかないでいる美しいもの、美しい瞬間を一人味わっているようで、オープイはとてもぜいたくでほこらしい気分になるのでした。

しなくてもいいのに、わざわざ大きな池のある公園を一周して、公園の東にあるお

ばあさんの家に向かったのですが、ああ残念！　もう着いてしまいました。

おばあさんが孫と暮らしている家は、公園の四季を目の前に楽しめる小さくて可愛い家です。ソリを門の前に止めるとオープイは、配達の品を抱《かか》えて明かりがもれているドアに近づいていきました。オープイは、おばあさんを起こさないように、そうっとドアを開けました。気持ちよく眠っているおばあさんを、わざわざ起こすことはありません、せんべいを置いていくだけなのですから。

とろ爺は、「ばあさんは猫でも抱いてうつらうつらしている頃さ」と言っていましたが、ほんとにそうでした。ストーブの前の揺り椅子でおばあさんが、とろとろとろーり、ゆらゆらゆらーり、うとうとうっとりしています。おばあさんが膝《ひざ》に抱えた黒猫をなでる手が、止まったり動いたりしています。ストーブの火が、おばあさんと黒猫を赤く照らし、おばあさんも猫もなんとも言えずくったりしています。

ところが、オープイはそっと入ったつもりでしたが、おばあさんの膝の上の猫はすぐにオープイに気がつき、ひとっ跳《と》びで揺り椅子の下にもぐりこんでしまいました。

そこでオープイは、それまで猫が陣取っていたおばあさんの膝の上にそっと包みを置

くと、揺り椅子の下で目を光らせている猫に向かって小声で言いました。

「こんばんは、黒猫さん。わたしは、オーセッセン・べーイプイプイと申します。頼まれた物を配達に来ただけですからご心配なく。では、ちょっと奥の部屋にも行かせてもらいますからね」

黒猫は、目をキラキラさせてオープイをじっと見ていました。

公園に面した奥の部屋では、男の子が眠っています。口を少し開け、ぐっすりと眠っています。ひょっとしたら今夜、けん玉が届くことを、この男の子は知らされていないのかもしれません。そうだとしたら明日の朝、枕元《まくらもと》にけん玉を見つけてどんなにびっくりすることでしょう。どんなに喜ぶことでしょう。寝ぼけ眼《まなこ》をこすって驚く男の子の様子が、オープイは目に浮かぶようでした。

心地良く暖かい男の子の部屋の窓からは、雪にくるまれて静まり返った夜の公園、木立や薄い氷の張った池、まるで白いふわふわのソファのように見える池のほとりのベンチなどが月光を浴びて輝いています。

オープイは、男の子の枕元にプレゼントを置くと、ドアをそっと閉めておばあさんのいる居間に戻ってきました。猫はまだ揺り椅子の下に隠れています。いつものオープイであれば、この黒猫と少し遊んで仲良くなりたいところですが、今日はもう遅いし、おばあさんを起こしてもいけないので、それはあきらめました。おばあさんは包みを膝に、相変わらずとろとろゆらゆらしています。オープイはできるだけ静かにドアを開けて、外に出ました。

さあ、これでオープイの仕事は終わりました。ちょっとしたことでも、とろ爺のお手伝いができて大満足のオープイは、上機嫌でおばあさんの家を後にしました。

もう帰るだけでしたが、でも、このまま帰ってしまうのは、なんだかもったいないような夜でした。そこでオープイは、公園の上空にソリを飛ばしてみようと思いました。男の子の部屋から見た雪の公園がとてもすてきでしたから、上空からこの公園を一周してながめてみたいと思ったのです。

☆

さあ、大空にジャンプ！　オープイは「トビー、ガチー！」と声をかけてから、手綱を一回ブルンと振り、続けて「トババ トビビ トベーベ！　トババ トビビ トベーベ！　トババ トビビ トベーベ！」と三回唱えました。空を飛ぶ呪文《じゅもん》です。

キューン！　トビウオとガチョウの引く小さな木製のソリは、たちまち深い紺《こん》色の大空に向かって滑っていきました。ソリの風を切る音が、オープイの耳には、まるでワルツのように心地良く聞こえます。ソリは、森の小道、池、木々の間を駆け巡ります。駆けのぼり駆けくだります。

仕事が終わってほっとしているのか、トビーもガチーもなんだかはずんでいます。思いきりよく宙返りをしたり、池すれすれに飛んだりして、オープイを冷や冷やさせます。時には、わざと梢《こずえ》の雪を散らしておいて素早くその下に潜り込み、オープイを雪まみれにしてからかいます。

オープイはオープイで、

「オーオ オッオー　セッセ セッセン　ベーイベイベイ プーイ プイプイ プイッ！ラレリロ レロラ ラレリロ レロラ！　フッフ　フッフー！　ホッホ　ホッホー！」

と、声を張り上げて歌っています。ああ、なんて素晴らしい夜でしょう、なんて楽しい夜でしょう！

☆

あーっ！　オープイは、思わず手綱をギュッと引きました。

トビーとガチーは、あわてて足をふんばり、急ブレーキをかけました。オープイが、あまり強く手綱を引いたので、とにかく止まってはみたものの、事情がわからないトビーとガチーは、きょとんとしています。ソリは小刻みに揺れながら、空中に浮かんだまま、じっとしています。オープイはギュルギュルンと胸がざわめくのを感じました。この胸のざわめきは、オープイが何かしでかしたときの、いつもの合図のようなものでした。

（どうやら何かやってしまったらしい。何だろう、それは。何だろう、それは……）

トビーとガチーは、うつむいてじっとしています。鳴り響いていた音楽は、ぱたりと止み、静まりかえったソリの上でオープイは考えこんでしまいました。

しばらくしてオープイは、やっとこう言いました。

「トビー、ガチー、おばあさんの家まで戻ろう。何かわかるかもしれない。急いで！」

混乱しているオープイの気持ちを察して、トビーとガチーはさっきとは打って変わっておとなしく、しかし猛スピードでおばあさんの家に向かって空を飛んで戻りました。

おばあさんの家は、また、ちらちらと舞いはじめた雪の中にさっきと変わらずひっそりとたたずんでいます。ドアから、オレンジ色の明かりがもれています。

静かにドアを開け、そっと中をのぞきこんだオープイは、すぐに自分の誤りに気がつきました。おばあさんはさっきと同じように、揺り椅子でゆらゆらとろとろしています。黒猫は、おばあさんの膝の上に戻っていましたが、なんと、膝の上のけん玉の包みに窮屈そうに乗っかっているではありませんか！　包みに描《えが》かれたけん玉の、その赤い玉を、黒い前足がつかんでいるように見えます。黒猫は、もうぴくりともしないでぐっすりと眠っています。

「あーっ！」

声をあげそうになってオープイは、思わず口を押さえ、助けを求めるようにトビーとガチーの方を振り返りました。でも、トビーとガチーはソリにつながれたまま、うつむいてじっとしています。

オープイは、またおばあさんの方を見ました。

どうすればいいのでしょう？　もう一度猫を驚かしてでも、家の中に入っていくべきでしょうか。猫を追いやって、おばあさんの膝の上のけん玉の包みを取り上げ、それから男の子の部屋まで行って、まちがって男の子の枕元に置いてきた、せんべいの包みと取り換えるべきなのでしょうか？

オープイは、長い間、考えこんでいました。やっとドアから離れると、家の中には入っていかず、玄関からテラスを横に回り、公園に面した男の子の部屋の窓に近づいていきました。そして、窓に顔を近づけると恐る恐る部屋の中をのぞきこみました。

そこでオープイが目にしたのは、プレゼント……せんべいの入った丸い包み……を両腕《りょううで》にしっかり抱えて眠っている男の子でした。男の子はかすかに笑っているように見えました。

オープイの胸は、今度はキュルキュルふるえました。ほんのついさっき、プレゼントを置きに来たときには、翌朝目を覚ました男の子が、思いがけないけん玉のプレゼントを見つけて喜ぶ姿を想像していたのに、今はそれがとんでもないまちがいだったように思われるのでした。

男の子はけん玉が届くことを知っていて、明日の朝を楽しみに眠りについたように思えるのです。ひょっとしたら、今ごろ夢の中でコンコン、コンコン、一心不乱にけん玉の練習をしている……ああ、きっとそうだ、きっとそうにちがいない。自分はなんというまちがいをしてしまったのだろう。

オープイは、ひどく自分を責めましたが、今さらどうすることもできません。せんべいをしっかりかかえて眠っている男の子を起こさないで、せんべいだけ返してもらうことは、できそうにありませんでした。それに、たとえ男の子の夢が、オープイが想像しているような、けん玉で遊んでいる夢でなかったとしても、今、彼が微笑みながら見ている、どんな夢の邪魔もしてはいけないとオープイには思われました。

しょぼしょぼとうなだれて、時々大きなため息をつきながら、オープイはソリをのろのろと走らせて引き返しました。といっても、すっかり落ち込んでしまったオープイが手綱をさばかないので、トビーとガチーは、勝手に戻っていきました。トビーとガチーは、オープイをそっとしておきます。オープイの気持ちを察して自分たちで雪道をしんみりと走って戻っていきました。

ゴル爺の森の小屋に着くと、トビーとガチーはオープイを降ろしてピュッと帰っていきました。鈴の音もあっという間に聞こえなくなりました。

オープイは、家の中に入らないで、そのままベランダの階段に腰をおろし、ぼんやりと雪景色をながめています。明日の朝、目を覚ました男の子は、楽しみにしていたプレゼントがけん玉ではなくせんべいだと知った瞬間、どんなにがっかりするでしょう。そう思うと、オープイはヘマをした自分が情けなく、うらめしくてたまりません。もちろん目を覚ました男の子が、せんべいの包みをおばあさんのところに持っていけば、せんべいとけん玉が入れ替わって配達されたことにすぐに気がつくはずですし、そこでおばあさんとプレゼントの交換をすれば、それで一件落着です。二人はこの配達ミスに大笑いするかもしれません。大したことではないのかもしれません。

でも、気持ち良く目を覚ました男の子を、朝一番にドカーン！　と、がっかりさせることが、オープイには堪《たま》らないのでした。

しばらくして、やっと重い腰を上げたオープイは、ゴル爺に声をかけることも忘れ、ぼんやりと自分の部屋に上がっていこうとしました。するとゴル爺の声が、後ろから追いかけてきました。

「とろ爺が、電話をくれと言ってきたぞ」

とろ爺のことですから、もうオープイの配達ミスに気づいているにちがいありません。オープイの気持ちはよけいに沈《しず》み、とろ爺に電話をかけることもなく、すごすごと階段を上がって行きました。

第二章　冬の夜の夢

気持ちが落ち着かないとき、くつろぎたいとき、考え事をしたいときなど、オープイは足を引っかけられそうなところを見つけて足を引っかけ、とりあえず逆さまになって、体をゆらゆら揺すります。それは、サーカスのブランコ乗りが、空中のブランコに逆さまにぶらさがるのによく似ています。足首だけを引っかけることもありますが、ブランコ乗りのように両膝を折ってぶらさがることもありますから。でも、似てはいますが、命綱も落下防止ネットもないところで、足を引っかけ、時には片足だけで不安定に揺れているオープイを、事情を知らない人が見たら、思わず「危ない！」と叫んでしまうかもしれません。何だか頭に血が上りそうなかっこうです。けれどもそうやって脱力して、揺られながら世界を逆さまに見ると、オープイは不思議と気持ちが落ち着き、頭も心も体もほぐれていくのを感じるのです。

オープイの部屋は屋根裏にあって、むき出しの太い梁《はり》が一本ズドーンと通っています。ぶらさがり屋のオープイのために、ゴル爺は梁のあちこちに《ぶらさがり器》を取り付けてくれています。《ぶらさがり器》は、藤《ふじ》の蔓《つる》や若い竹を丸めて輪にしたものもあれば、タオルかけや幼児用のハンガーを再利用したものもあります。大きさも様々です。足が引っかけられれば、まあなんでもいいのです。

その日もオープイはその《ぶらさがり器》に足をかけて、ゆらゆらゆらゆら揺れました。

最初は何度も深いため息をついていたオープイですが、逆さまになって、見慣れたゴル爺の小屋が眼下にゆっくりと揺れるのを見ているうちに、だんだんと心がやわらかくなってきて、どうにかこうにか、とろ爺に失敗の報告をする勇気が出てきました。

それでもオープイはもう一度深いため息をついてから、逆さまに揺れながら梁の上に手を伸ばしました。そして、いつもそこに置いてあるスマホを取りあげました。

「やあ、プイプイ」

とろ爺の声がもごもご、くぐもって聞こえます。夜の配達を終えたとろ爺は、チーズをかじりながら、ワインを飲んでいるにちがいありません。

「とろ爺、しくじってしまった。いつものことだろって言われそうだけど……あの子ったらせんべいをしっかり抱きかかえて眠っているのだもの。取り上げるなんてできないよ。きっといい夢を見ているにちがいないんだ。あの子のそんな夢の邪魔をしていいはずはないでしょう？　だから、どうしてもあの子を起こせなかった。ねえ、とろ爺、どうしたらいい？」

元気のない沈んだ声でオープイは話しかけました。

「ふーむ、そうだな……」

とろ爺は、ちょっと考えている風でした。それからグビッと、喉《のど》のなる音がしました。ワインを飲み干したのでしょう。

「あの子の夢の邪魔をするんじゃなくて、プイプイ、お前の方からあの子の夢の中に入っていくというのは、どうだろう？　何か良い解決策が見つかるかもしれないさ」

「あっ！」

オープイの心に、ぽちっ、ぴかっと、明かりがともりました。希望の光が差し込んできました。オープイは、少し興奮して言いました。

「そうか、そうか、一緒に夢を見るんだ、あの子の夢の中に入って。そうすれば、あの子がどんな夢を見ているかわかるし……、ひょっとしたら、失敗をカバーできることが見つかるかもしれない……ってことだね。ああ、ありがとう、とろ爺。やってみるよ。じゃあ、じゃあ、おやすみなさい！」

オープイは、とろ爺が何か言いかけたのも待たずに、さっさと電話を切りました。

《ぶらさがり器》に足をひっかけたままスマホを元の梁の上に戻すと、オープイは、そのまましばらく何事かを考えている風でした。

それから、ゆっくりゆらゆら揺れながら、オープイは子守唄を歌いはじめました。オープイは、歌は上手ではありませんが、歌うことは大好きです。音程は時々ふらふらゆれます。

ねむの葉　ねむの葉　さやさやゆれる　さやさやゆれる
夢のとびらのかんぬきはずせ　かんぬきはずせ
ねむの葉　ねむの葉　そうっとさわれ　そうっとさわれ

夢のとびらがゆるりと開く　ゆるりと開く
オープイの大好きな子守唄ですが、「ゆるりと開ぁぁぁぁくぅぅ……」のところで、オープイは、もう深い眠りに落ちていきました。

☆

公園の東のおばあさんの家では男の子がぐっすり眠っています。
トトン　トントン　ココン　コン　トトン　トントン　ココン　コン
トトン　トントン　ココン　コン　トトン　トントン　ココン　コン
小さな音でしたが、いつまでも窓を叩く音に、カザムはとうとう目を覚ましました。
カザムは、寝ぼけ眼で起き上がると、窓に近づいていきました。誰かが、雪の公園を背に、窓に顔をくっつけるようにしてこちらに向かって手を振っています。頭はまだぼんやりしていましたが、カザムはともかく窓を引き上げました。雪を含んだ冷たい風が一筋入ってきて、カザムのホカホカに暖まっていた顔をひゅいっとなでたので、カザムはいっぺんに目が覚めました。

「あっ、オープイ！」

カザムは、おばあさんが時々話してくれる、ゴル爺の森の小屋に住むオーセッセン・ベーイプイプイが、目の前に来ているのだとすぐわかりました。

「こんばんは、カザム」

オープイがカザムに呼びかけました。

「どうかしたの？　オープイ、こんな夜中に。そこで何をしているの？」

カザムは不思議そうにたずねました。

「さっき、公園の上をちょっと飛んでみたのだけれど、それはそれはすてきだった。きっとカザムも、空から雪の公園を見たいのではないかと思って誘いに来たの。どう？　一緒に空を飛ばない？」

オープイが答えました。

「見たい！　見たい！　見たい！　見たぁぁぁい！」

カザムが叫びました。

「ようーし。じゃあ一緒に出かけよう。でもその前にジャンパーを着ておいで。雪空を飛ぶのだからね、暖かくしてなきゃ」

オープイがすすめました。

カザムは超特急《ちょうとっきゅう》でフードのついたジャンパーを着て戻ってきました。

「さあ、手を引っ張るから、窓わくに腰かけてごらん」

カザムは、大喜びで窓わくによじ登り、腰かけました。

「そう、それでいいよ」

オープイも並んで腰かけました。

「じゃ、いいかい。今度は、二人で一緒に『トバビベ　トバビベ　トバビベ　ほいっ！』と元気よく叫ぶんだ」

（トバビベ？　なんだか聞いたことがあるような……）

そう、「トバビベ」は、オープイが、トビーとガチーと一緒に空を飛ぶときに唱えたあの呪文「トババ　トビビ　トベーベ」を、短くちぢめた言い方なのです。

「さあ、せーのっ！」

カザムとオープイは手をつなぎ、二人一緒にあらん限りの声で叫びました。

「トバビベ　トバビベ　トバビベ　ほいっ！」

☆

手をつないだまま二人の体はふわりと宙に浮きました。

「うわぁ、浮かんでる！　浮かんでる！　飛んでる！」

カザムは、興奮して叫びました。二人はゆっくりゆっくり上がっていきます。屋根を軽々と越《こ》え、ポプラの木のてっぺんをさわれるくらいの高さまで来ると、オープイは、つないでいたカザムの手を離しました。

「さあ、公園の上を一周してみよう」

さっき、トビーやガチーと一緒に陽気に騒いだ上空飛行とはちがって、今度のオープイは、カザムと一緒にちょうどアメンボがスーイスーイと水の上をすべるように、静かにゆっくりと公園の上を飛びました。

カザムとおばあさんの住む家が、だんだん遠のいていき、今では、はるか下の方にお人形の家のように小さく見えます。あの小さな家の中で、今実際に、おばあさんと黒猫クロッキーが眠っているなんてちょっと想像しにくくて、カザムは頭がクラクラするのでした。

目を公園の方に戻すと、公園のすべてのもの、薄い氷が張った大きな池も、池の中の魚たちも、木々も、木々の梢の鳥たちも、木々の洞《ほら》の中の小さな動物たちも何もかもが雪に包まれて静かに眠っているようでした。公園だけで

なく、公園の向こうのチャグー村や、そのもっと奥に広がるゴル爺の暗い森まで見渡せましたが、すべてが深い眠りに包まれています。その雪景色を輝かせている空の星たちさえ眠くなったのか、しきりにパチパチパチパチまばたきを繰《く》り返しています。まばたきのたびに、積もった雪はいっそう輝きます。

一周どころか、カザムは公園の上をうっとりと、三周もしました。

「カザム、さあ、少し降りて、ほら、あそこのポプラの木の枝に雪のクッシヨンができている。あそこで一休みしよう」

オープイは、もう一周しそうなカザムを引き止めました。カザムの頬《ほお》は、すっかり上気しています。喉もカラカラです。

雪のクッションに落ち着くと、カザムは手を伸ばしてポプラの枝に積もった雪をすくって喉をうるおしました。ほのかに葉っぱの香りの移ったとてもおいしい雪でした。

「ああ、おいしい！　こんなにおいしい雪は、初めてだ！」

カザムは満ち足りた気持ちで胸がふくらみ、もう苦しいくらいです。

オープイは、背負っていたリュックを下ろすとガサゴソしていましたが、中からゴル爺のせんべいを取り出しました。

第三章　草原の出来事

「さあ、おやつの時間だ。ゴル爺の作ったせんべいをどうぞ」

「うわぁ、おやつまであるの、まるでピクニックだ！」

カザムは大喜びでせんべいにかじりつきました。それは、甘辛醤油味でザラメがいっぱいまぶしてありました。

「かりっ、くしゃっ、モグモグ、かりっ、くしゃっ、モグモグ」ゴル爺のせんべいは、ほんと、誰が食べても「うまい」となるほどのものなのです。あっという間に、カザムはせんべいを食べてしまいました。唇《くちびる》に付いたザラメを舌でなめながら、また、ポプラの雪の水を飲みました。

「さあ、もう一枚どうぞ」

おいしそうにせんべいを食べるカザムをニコニコしながら見ていたオープイは、二枚目のせんべいをカザムに渡しました。

「かりっ、くしゃっ、モグモグ、かりっ、くしゃっ、モグモグ、かりっ……」

「カザム、ストップ、ストップ、ストップ」

オープイは、二枚目のせんべいにかじりついているカザムを急に止めました。

「えっ、どうしたの？」

「ほら、そのせんべいを、見てごらん」

「うん？」

カザムは不思議そうに、手にしているかじりかけのせんべいを見ました。

「よく見てごらん。その形、何に見える？」

「このせんべいの形？　……」

カザムは、せんべいをしばらくの間じっと見ていました。かじりついた上側は、歯形がついていてでこぼこしていますが、下側は、円くふくらんだせんべいの形のままです。最初はかじりかけのせんべいにしか見えませんでしたが、それでもじっと見ていると、せんべいのりんかくが一筆書きしたようにつながって、しだいにくっきりとした形を持って立ちあらわれてきました。

何だか見たことがあるもののような……えーっと、これは……。

「あれっ？　これって、毛糸玉が入っているおばあちゃんの編み物の籠……みたい。いっぱい入っているの、毛糸玉。おばあちゃん、得意なんだ、毛糸編むの。おばあちゃんがセーターとか靴下《くつした》を編むときは、いつもこの籠が床に置いてあって、毛糸玉がくるくる回りながらほどけて編まれていくんだ。そいで、クロッキーが面白がって、いつも毛糸玉にじゃれて、おばあちゃんの編み物のじゃまをするの。あっ、この籠、チャグー村の市が立つ日におばあちゃんが買ってきた、ほらゴル爺の籠だよ」

カザムは、うれしそうに言いました。オープイにも、すぐにその形が頭に浮かんできました。

ゴル爺は、山ブドウやアケビの蔓《つる》で丈夫な籠を編んで、時々チャグーの市に出します。チャグーの村人は、このゴル爺の蔓の籠を、大抵二つや三つは持っています。大きい籠は畑の作物を入れたり、収穫した豆を乾《かわ》かしたり、乱れ籠にしたりします。洗濯物を取り込むときにも、とても重宝します。

大きな舟形の籠もあって、チャグーの赤ちゃんは、たいていこれを揺り籠にして大きくなりました。こぶりなものは、パンや果物を入れて食卓を飾ります。もちろんお菓子や、おもちゃを入れてもいい感じです。

花見や紅葉狩りとなると、どの家からもゴル爺の籠をかかえた村人が出てきます。そして、こんな会話が始まります。

「おや、その籠は、ひょっとして揺り籠に使っていたやつかい？」

むすびやサンドイッチ、ジュースの瓶や敷物などが入った大きな籠を指して村人の誰かが聞くと、

「そうさ、街で働いている娘が、赤ん坊のときに入っていたやつさ。もうとっくに二十年を超《こ》えてしまったさ。いいツヤが出てきたと思わないかい？」

と、別の村人が答えます。

「ほんとだ、色もツヤもなかなかになってきたねぇ。まあさ、二十年経ったんだからねぇ」

などといった会話があちこちで、聞かれるのです。

でも、このゴル爺の蔓の籠は、たくさん売れるものではありません。だって、とて

も丈夫なので、買い替える人はめったにいませんから。それに使えば使うほどいい味が出てくるので、買い替えようなんて誰も思いません。

「なるほど、毛糸玉の入ったゴル爺の籠なのだ」

と、オープイが納得した途端、オープイとカザムは籠形せんべいと一緒に宙を飛び、あっという間に、はるかの野原に投げ出されていました。

☆

そこは……一面クローバーの野原でした！　まっさかりの春の、クローバーの野原でした。クローバーが、見渡す限りの地面をおおって広がっています。柔らかく愛らしい緑のじゅうたんに、少しかすんだ空から、ぬくぬくの春の日差しが降り注いでいます。クローバーが花をつける時分なのでしょう、クローバーは、こんもりと丸まった白い花をいっせいにつけています。そのかわいい白い花から野原中に甘い香りがただよっています。花があんまり多いので、甘いやさしい香りではあるのですが、むせるほど濃《こ》い香りです。

よくよく見ると、その香りに引き寄せられた無数のミツバチが、野原中のクローバーの花から花へ、蜜《みつ》を集めようとせわしなく飛び回っています。オープイとカザムは、思わず顔を見合わせ、同時に叫びました。

「クローバーの蜂蜜《はちみつ》だ！」

「ボクは、蜂蜜の中でもクローバーの蜂蜜が一番好きさ」

と、はずんだ声でカザムが言いました。クローバーの蜂蜜が、カザムにとっては舌に一番なじんだ味でした。こんがり焼いた少し固めの薄いトーストにバターをぬり、その上に蜂蜜をかけてかじりつくのは、カザムの大好きな食べ方です。

でも、寝つきが悪いときや、風邪で喉がイガイガするときなど、おばあちゃんは、クローバーの蜂蜜をお湯で溶いて、それにすりおろした生姜《しょうが》を加え、輪切りのレモンを浮かべ、ベッドのカザムのところまで持ってきてくれます。ベッドで飲む温かい蜂蜜湯は、ゆっくりと体にしみわたっていき、とても幸せな気分になるのでした。眠れないのも、喉が痛いのもそれほど悪いことじゃないと、カザムは蜂蜜湯を飲みながら思うのでした。

　カザムがうっとりとそんなことを思い出していると、突然オープイが、カザムをつつきました。

「カザム、ほら、おばあちゃんの編み物籠を見てごらん、見てごらんよ」

　かじりかけのせんべいは、いつの間にか本物の編み物籠になって、クローバーの花に半分埋もれて投げ出されていました。赤、白、黄、水色、紫、いろんな色の大小の毛糸玉で籠は、こんもり盛りあがっています。籠からこぼれて転がっている毛糸玉もあります。

「あっ」

　カザムは、びっくりしました。毛糸玉の中で、何かが動いたような気がしたのです。カザムはじっと目をこらして、ひときわ大きな赤い毛糸玉を見ました。すると、くるくる巻かれた赤い毛糸玉をこじあけるようにして、黒いしっぽ、黒い足、黒い背中、黒い前足、黒い頭と順繰りに後ずさりしながら、少しずつ出てくるものがありました。出てくるとその黒いものは、くるりと向きを変えてカザムの方を向くと、前足をうーん踏《ふ》ん張《ば》って大きな伸びをしました。

「あれっ、クロッキー？　クロッキーも一緒に飛んできたの？」

なんと、毛糸玉の籠の中から出てきたのは黒猫のクロッキーでした。カザムの目は真ん丸くなりました。確かにクロッキーは、おばあさんの毛糸玉の籠が大好きでしたが、どうして籠と一緒に飛んできたのでしょう。

でも、驚くのは、まだ早すぎました。毛糸玉の籠の中から出てきたのは、クロッキーだけではありませんでした。続いて、やはり後ろ向きにもぞもぞと、出てくるものがありました。縞々模様《しましまもよう》の太いしっぽ、爪《つめ》の先だけは黒くて、全体は焦げ茶色のずんぐりとした狸《たぬき》のような生き物が、後ろ向きに出てくると、くるりと向きを変え、やっぱり前足をうーんと踏ん張って大きな伸びをしました。カザムは狸のような気がしましたが、ちがうような気もしました。

するとオープイが、「こいつは狸じゃない、アライグマだよ」と教えてくれました。

「アライグマ……」

あれ？　また何か出てきました。今度は、黄色っぽくて太いしっぽの持ち主でした。

今度もやはり、太いしっぽから出てきました。カザムは、これも狸のような気がしましたが、

「こいつは、貂《てん》だよ、貂。狸じゃない。全体にきつね色だけど、顔がちょっと白っぽいから、そうだな、ホンドテンという種類かもしれない」

とオープイが、つぶやきました。ホンドテンは、短い脚を踏ん張ってこれも、うーんと伸びをしました。

おや、また、籠の中からうごうごと後ろ向きにしっぽが出てきました。長いしっぽは、どうやら黒と白の縞々模様のようです。えっ？　もう一匹《ぴき》アライグマ？　でも、さっきのアライグマとちがって、今度のしっぽはもっと長くて、もっとほっそりとしています。こちらを向いた顔は、額と目と口の周りが黒いところもアライグマと似ていなくはありませんが、その目にすこぶる特徴がありました。目が、金色にピカッとあやしく光っているのです。

「あっ、わかった。この目の持ち主は、たしか……ワオ、ワオキツネザルだ！」

カザムは、わかったのがうれしくてちょっと早口で言いました。

「そうだ、ワオキツネザルだ」

なんだかオープイもうれしそうです。

後ろ向きで出てきたワオキツネザルも、やっぱり、くるりと向きを変え、前足をうーんと踏ん張って大きな伸びをしました。

五番目に出てきたのは、ハクビシンでした。お尻を振りながらじりじりと出てきたしっぽは黒く長く、なかなか胴体が見えませんでした。しっぽと手足は黒く、胴体は濃い茶色のように見えました。鼻筋がツーンと白く通っていて、鼻先が赤茶色であるところにハクビシンの特徴があります。ハクビシンも、くるりと向きを変えると、前足を踏ん張ってうんと大きな伸びをしました。

六番目、最後に出てきたのは……しっぽの長い動物……ではありませんでした。それは、キツツキの仲間、クマゲラでした！　黒い燕尾《えんび》服のような尾羽《おばね》を振り振り出てくるのを見て、カザムは最初カラスだろうと思いました。でも、くるりと向きを変えると、真っ赤なベレー帽をかぶったような頭だったので、クマゲラだとわかりました。くるりと向きを変えたクマゲラは、二本の足を踏ん張ると、首を空に向かって突き出すようにして、うーんと伸びをしました。

「穴あけ名人、クマゲラのドリリだよ」

オープイは、ドリリをよく知っているような口ぶりで言いました。

黒猫クロッキー、アライグマ、ホンドテン、ワオキツネザル、ハクビシン、そして、クマゲラのドリリが登場すると、赤い毛糸玉はもう動きませんでした。

黒猫クロッキーをはじめ、しっぽの目立つ五匹の動物と一羽の鳥は、クローバーの野原がとても気に入ったらしく、ゴリゴリと背中をこすりつけたり、せっせと毛づくろいをしたり、野原をかけまわったり、互《たが》いに追っかけっこをしたり、楽しいことがいっぱいあるのに、時間が足りないとでもいうように、せわしなく動きまわっています。

カザムもうれしくてたまりません。でんぐり返りをしたり、走ったり、転んだりしています。オープイはにこにこぶらぶらしています。

すると突然、しっぽの目立つ五匹の動物と一羽の鳥とオープイが、ピタリと動きを止めました。相変わらず飛び跳《は》ねているのは、カザムだけでした。カザムには、まだ何も見えませんでしたし、何も聞こえませんでしたから。

けれども、しっぽの目立つ五匹の動物と一羽の鳥とオープイは、いっせいに耳をそばだてました。遠くの空の向こうからうなるような、風を切るような音がかすかに聞こえてきて、クロッキーたちを不安にさせたのでした。音の正体は、はっきりしませんが、その音は少しずつ近づいてくるようで、クロッキーたちはもう、野原を駆けまわったりしないで耳に全神経を集中させていました。

はっと我に返ったオープイが、叫び

ました。

「竜巻《たつまき》だ！　竜巻が近づいてくる。こっちに向かっている」

……このままでは、クローバーの野原があぶない。ミツバチもやられてしまう、せっかく集めた蜂蜜もダメになる……。

竜巻の破壊力と言ったら！　運悪く竜巻の通り道に当たってしまった地上のものは、根こそぎもぎ取られて竜巻の中へ吸い込まれ、はるか空を飛んで行って、それから突然落下して、地面に叩きつけられます。いったいどうすれば、この竜巻の破壊力を弱めること

ができるでしょうか。どうすればクローバーの野原とミツバチを助けることができるでしょう。

ともかく急がなくてはなりません。竜巻が来てしまってはもう遅いのです。時間はあまり残されていないようです。オープイは、目まぐるしく考えをめぐらせました。

突然、オープイはリュックの中から一枚のせんべいを取り出すと、何を思ったのか、そのせんべいを大空に向かって思いっきり放り投げました。すると、放り出されたせんべいは、くるくると回転しながらクローバーの野原の上を飛んで行きました。そして、クローバーの野原をぐるっと一回りすると、まるでブーメランのようにオープイの元にすっと戻ってきました。

戻ってきた時には、せんべいはいつの間にか、ビーチパラソルほどの大きさになっていて、そのまま宙に浮かんでいます。

「まるで、ドローンだ。ドローンがクローバーの野原を偵察《ていさつ》してきたみたいだ」

カザムは感心したように言いました。

「ああ、そうだよ。これはせんべいドローンなのさ」

オープイは、カザムには何でもないかのように答えましたが、急にきびしい表情になると、クマゲラのドリリに向かって、鋭《するど》く命じました。

「ドリリ、せんべいドローンに急いで穴を開けるんだ。周りに六つと真ん中に一つ。さあ、急いで、しかしていねいに、確実に。ほら、いよいよ竜巻が近づいてきた」

やっと、カザムにも竜巻がとらえられました。はじめは遠くの空に天から降りてきた白い柱のようなものが一筋見えましたが、まるでクローバーの野原が、最終の目的地でもあるかのように、周りの空気や雲を取り込んで、どんどんふくらみながら真っすぐこちらに向かって近づいてきます。竜巻が出す不気味な音も次第に大きくなってきました。ゴーッとヒューッとシューッという音を、一つにまぜたような不気味な音が、地を震わせながら近づいてくるのでした。音といい姿といい、まるで巨大な空飛ぶ蛇《へび》が、細くて長い舌をチラチラさせながら、獲物《えもの》を求めてこちらに飛んでくるようでした。

穴を開けるように命じられたドリリは、さっとせんべいドローンの下にもぐりこむと、ものすごい速さで、カッカカッカカッカッと穴を開けはじめました。あまりに速すぎて目にもとまりません。耳で聞いて数えることもできません。

ドリリは、あっという間に周りに六つと、中心に一つのきれいな穴を開けました。

「よーし、みんな、しっぽでドローンにぶらさがるんだ、急いで！　ドリリは真ん中の穴だ」

しっぽの目立つ五匹の動物は、ドローンに近づくと、周りの五つの穴に、さっとしっぽをからませました。ドリリはドローンにもぐりこんで、下側から穴にくちばしを差し込みました。

オープイも、一つ残った穴に両足を引っかけて逆さまにぶらさがりました。

「カザム、わたしたちは竜巻を誘導しにいくから、カザムはここで待っていて。クローバーとミツバチたちの様子を見守っていて、いいね」と、口早に頼みました。

カザムはみんなと一緒に行けないのは少し残念でしたが、

「わかった、ここはぼくにまかせて」

と、きっぱり答えました。竜巻は、どんどん近づいています。一刻もぐずぐずしてはいられません。

「さあ、出発だ」

オープイの口調は、さっきよりも一段ときびしくなりました。

「せんべいドローン、逆噴射《ぎゃくふんしゃ》、3、2、1、0、GO！」

せんべいドローンは、ゆっくりゆっくり回転しはじめました。それからだんだんと、回転の速度が速くなり、速くなるにつれてドローンは、上へ上へと上がっていきました。上がれば上がるほどスピードを増していきます。高く上がったところで、ドローンは、超急速回転に突入しました。すると、ドローンは周りの空気をどんどん取り込み、ゴーッという音を立てながら大きな白い渦《うず》を作りはじめました。

それは、まるで人工の竜巻でした。でも、今、こちらめがけて突き進んでくる自然の竜巻とは、まるでちがう竜巻でした。自然の竜巻は、竜巻の下の方から大気を吸い込み吸い込みしながら、どんどん成長し、地上をジャンプするように進んでくるのです。そしてその渦の中に地上の物、家畜でも大木でも車でも家でも片っ端から吸い込んでしまうのでした。とても恐ろしく、とても危険です。

オープイのせんべいドローンが作ろうとしているのも竜巻は竜巻でしたが、上の方から大気を取り込む竜巻でした。大気を取り込めば取り込むほど、上へ上へとジャンプしながら大空を上昇して行くのです。オープイは、このせんべいドローンを、自然の竜巻にドッキングさせようと考えたのです。自然の竜巻とうまくドッキングできたら、せんべいドローンの高速回転力で、自然の竜巻を大空高く飛ばしてしまおうと考えたのです。そうすれば、地上に被害を出さないで済むでしょう。ちょうど、強力なロケットに竜巻をドッキングさせて飛ばし、宇宙に放り出すようなものです。

しっぽの目立つ五匹の動物と一羽の鳥とオープイは、強い推進力でせんべいドローンを回転させながら、ゴーゴーと渦をふくらませて突き進んでくる自然の竜巻の下に、慎重に慎重にもぐりこんでいきました。

錐《きり》の先のような竜巻の芯《しん》がちょうど、真上に見えた時、オープイが叫びました。

「ドリリ、今だ、ドッキング！」

クマゲラのドリリは、目にもとまらぬ速さで竜巻の芯をとらえ、くちばしでしっかりつかまえました。また、オープイが、叫びました。

「全力！　全速力回転！」

郵 便 は が き

料金受取人払郵便

新宿局承認

2524

差出有効期間
2025年3月
31日まで
(切手不要)

160-8791

141

東京都新宿区新宿1－10－1

(株)文芸社

愛読者カード係 行

ふりがな お名前		明治 大正 昭和 平成 年生 歳		
ふりがな ご住所	□□□-□□□□		性別 男・女	
お電話 番 号	(書籍ご注文の際に必要です)	ご職業		
E-mail				
ご購読雑誌(複数可)		ご購読新聞 新聞		

最近読んでおもしろかった本や今後、とりあげてほしいテーマをお教えください。

ご自分の研究成果や経験、お考え等を出版してみたいというお気持ちはありますか。

ある　　ない　　内容・テーマ(　　　　　　)

現在完成した作品をお持ちですか。

ある　　ない　　ジャンル・原稿量(　　　　　　)

書　名				
お買上書　店	都道府県	市区郡	書店名	書店
			ご購入日	年　月　日

本書をどこでお知りになりましたか?
1.書店店頭　2.知人にすすめられて　3.インターネット(サイト名　)
4.DMハガキ　5.広告、記事を見て(新聞、雑誌名　)

上の質問に関連して、ご購入の決め手となったのは?
1.タイトル　2.著者　3.内容　4.カバーデザイン　5.帯
その他ご自由にお書きください。
(　)

本書についてのご意見、ご感想をお聞かせください。
①内容について

②カバー、タイトル、帯について

弊社Webサイトからもご意見、ご感想をお寄せいただけます。

ご協力ありがとうございました。
※お寄せいただいたご意見、ご感想は新聞広告等で匿名にて使わせていただくことがあります。
※お客様の個人情報は、小社からの連絡のみに使用します。社外に提供することは一切ありません。

■書籍のご注文は、お近くの書店または、ブックサービス(0120-29-9625)、セブンネットショッピング(http://7net.omni7.jp/)にお申し込み下さい。

ぐおーっという大気と大気がぶつかるものすごい風圧で、せんべいドローンはバラバラにちぎれそうになりました。しっぽの目立つ五匹の動物と一羽の鳥とオープイは、あらん限りの力で踏ん張りました。でも、自然の竜巻の風圧の強いことと言ったら！

☆

ところが、クロッキーたちは急にすっと楽になりました。地上に向かっていた竜巻が、せんべいドローンと同じ方向に回転を始め、上に上にと上昇を始めたからです。やり遂げたのです。竜巻を方向転換させることに成功したのです！

それでもせんべいドローンは、竜巻を下から支えて、まだしばらく上方に向かって飛びました。

これでもう、地上に被害は出ないと判断したオープイは、ドリリに命じました。

「ドリリ、連結解除！」

ドリリは、サッと竜巻から離れました。すると、竜巻は、空を飛び跳ねるようにあちこちへジャンプしながら上へ上へと昇っていってしまいました。ほっとして、オープイが言いました。

「さあ、クローバーの野原に戻ろう。カザムのところに戻ろう」

オープイの一声で、ドリリはサッと向きを変えました。しっぽの目立つ五匹の動物と一羽の鳥はもうドローンを回転させようとはしませんでした。それに、もう、へとへとに疲れていました。せんべいドローンは一直線にクローバーの野原に戻ってきました。

遠くの空で行われた、「竜巻撃退《げきたい》作戦」の一部始終を見ていたのは、おそらくカザム一人だったかもしれません。たとえ見ていた人がいても、上空で白い雲がムクムク動いているくらいにしか思わなかったことでしょう。

一面クローバーの野原には、白い花の香りがあふれ、ミツバチは、何事もなくせっせと蜜を集めていました。うらうらと暖かい日差しがふりそそぐ、のどかな春の野辺のままでした。

あっという間に、遠い空からクローバーの野原に戻ってきたせんべいドローンは、カザムの目の前で静止しました。そして、しっぽの目立つ五匹の動物と一羽の鳥の足が地面についた途端、せんべいは元の大きさに戻り、オープイの手の中にありました。

しっぽの目立つ五匹の動物と一羽の鳥は、クローバーの野原にたおれこむと、しばらくはピクリとも動きませんでした。

「カザム、どうだった？　クローバーとミツバチと蜂蜜は大丈夫だった？」

やっとのことで起き上がったオープイがたずねました。

「見ての通りだよ。ミツバチはちっとも不安がらずにせっせと蜜を集めていた。みんな、ほんとにありがとう」

カザムは深々と頭をさげました。

「ほんとにご苦労さん。みんな、よくがんばってくれた」

と、オープイもしっぽの目立つ五匹の動物と一羽の鳥をねぎらいました。

すると、しっぽの目立つ五匹の動物と一匹の鳥はむっくり起き上がり、さっさと編み物籠の毛糸玉の中へと、戻っていきました。出てきた時とは、逆にクマゲラが先頭で、ハクビシン、ワオキツネザル、ホンドテン、アライグマ、黒猫クロッキーの順で、しかも前を向いて、頭から赤い毛糸玉の中にもぐりこんでいきました。

「さあ、わたしたちも、帰ることにしよう。そろそろ、日が傾きはじめたからね」

と、オープイが言った途端、カザムとオープイは真冬の公園のポプラの木の上、雪のクッションに寄りかかっていました。

☆

雪に埋もれた公園は、相変わらずしんと静まり返っていて、ついさっきの、あの春のクローバーの野原の出来事がはるか昔のことのように思われます。

カザムは、十分満ち足りた気持ちでいましたが、だからと言ってこのまま家に帰ってベッドに入ってしまうのは、なんだかもったいないような気がしました。オープイと一緒にもう少し冒険《ぼうけん》を続けられたらいいのにと思うのでした。すると、

「ほら、このせんべい」

オープイが、リュックからまたせんべいを取り出しました。そのせんべいを一目見て、カザムは、それが黄な粉をまぶしたせんべいだとすぐわかりました。《甘辛醤油味ザラメまぶし》のようなせんべいとちがって、際立つ個性はないのですが、目にしただけで香ばしくて甘い黄な粉の、やわらかい舌ざわりが思い出されるせんべいです。その黄な粉の味と香りを楽しむために、カザムはこればっかりはやさしくかじろうと思うのでした。

ところが「ストップ、ストップ、ストップ！」まだ一口もかじっていないのに、カザムはオープイに止められました。

「その形、何に見える？」

「えっ？　この形？」

オープイが手渡してくれた黄な粉のせんべいは、長四角の単純な形のせんべいでしたから、そんな形のものはそこら中にありそうでした。円い形と同じくらいたくさんありそうでした。自然が作るものに角がはっきりしたものはほとんど無いのですが、人間が作るものは、自然とは反対で、角がはっきりした物がとても多いのです。そう言えば教科書もノートも下敷きも筆箱もたいてい長四角です。

でも今のカザムには、そういったものを黄な粉のせんべいから思い浮かべることはできませんでした。もちろん、ゴル爺の黄な粉のせんべいは手焼きですから、ぴちっとした長四角ではなくゆがんだ形をしています。それがかえって、何か、カザムが知っている懐かしい形につながるような気がして、カザムはしばらく黄な粉のせんべいをながめていました。すると、だんだんと何かの形が見えてきました。やっぱりゴル爺と同じように手で作りあげた何か。定規《じょうぎ》なんか使っていない長四角で、厚みがあって……そうだ、何か澄んだきれいな音が出るもの……。

カザムは、ハッと顔をあげました。

「これは、親指ピアノ、そうだ、親指ピアノの形に似ている」

カザムは、得意そうにうれしそうに言いました。今の自分の気持ちにぴったりの物が心に浮かんだからです。

「あっ、なるほど、親指ピアノ、アフリカだね！」

オープイは、ちょっとびっくりしました。

カザムが、親指ピアノというアフリカの楽器のことを知っていることに驚いたのでした。そしてうれしくなりました。親指ピアノは、指ではじくだけで誰でも簡単に澄んだ音色を出すことのできる、魔法のような楽器でした。初めて手にして、初めて親指ではじいた、その音色の美しさに誰よりも本人が一番驚きます。

「でもカザム、どうして親指ピアノのことを知っているの？」

「音楽の教科書にのっていたよ。『民族楽器の色々』っていう中に親指ピアノがあった。先生が実物を持ってきて見せてくれたし、指ではじいて音も出してくれた」

クラスの誰にとっても珍しい楽器だったので、皆《みんな》は、寄ってたかってさわってみたり音を出したりしていましたが、あっという間にチャイムが鳴って音楽の授業は終わってしまいました。

引っ込み思案《じあん》のカザムは、親指ではじくことはもちろん、さわることさえできなかったのが、ずっと心残りだったのです。

「誰か、思いっきり親指ピアノをはじいて、ぼくに聞かせてくれないかなぁ」

教室でのことを思い出してカザムは、つぶやきました。

「そうか、そういうことだったのか」

オープイは、納得しました。

オープイはしばらく考え込んでいる風でしたが、

「じゃあ、こうしよう。ただ聞かせてもらうだけじゃなくて、君も何か楽器を演奏することを条件にするなら、それならいいところがある。さあ、手をつなごう」

と言って、カザムに手を差し出しました。

（ぼくが演奏できる楽器なんてあるかなぁ）

とカザムは内心思ったのですが、オープイは、そんなカザムの気持ちに全く気付かない風なので、カザムはとにかくオープイの手を取りました。

第四章　アフリカでアンサンブル

あれっ？　一瞬のうちに二人は丘の上の小学校にいるのでした。

二人がいるのは、どうやら小学校の音楽教室のようで、楽譜《がくふ》の積まれたオルガンがあり、壁にはいろいろな楽器の絵や、音楽家の肖像画が貼《は》ってあります。

オープイとカザムは、まるでこの学校の生徒のように、黒板の方を向いて座っていました。昼休みなのか放課後なのかわかりませんでしたが、辺りには誰もいません。

二人がいる教室からは広い校庭が見え、ゆるやかな丘を下ったその向こうに、にぎやかな都会の雑踏《ざっとう》が見えました。通りには、真っ赤な花をこぼれそうなほど付けた街路樹が、強い日差しを浴びて輝き、街を華やかにいろどっています。

カザムが窓を開けると、急に街の騒音が丘を上ってどっと入ってきました。車やオートバイの警笛《けいてき》、人々の甲高《かんだか》い話し声や、犬の鳴き声、そういった雑踏から立ち上るざわめきが一緒くたになって聞こえてきました。なかでも車の警笛よりは少し軽くて親しみやすい、プッププー、プッププーというオートバイの警笛の音に、カザムは心をひかれました。こういう音色は初めて訪れたところでさえ、前に来たことがあるような、懐かしい気持ちにさせます。この音色を聞くことができただけでも、この見知らぬ土地に来た甲斐《かい》があると、カザムは思うのでした。カザムはどの地域かはわからないものの、自分が広いアフリカのどこかにいることは、すぐにわかりました。オープイも言っていたように、親指ピアノはアフリカの民族楽器でしたから、オープイが親指ピアノの発祥《はっしょう》の地に自分を連れてきてくれたのだとカザムは思ったのでした。

ガタンと音がして、教室のドアが開くと少女が二人、入ってきました。二人とも白い襟《えり》のついた花柄のワンピースに、ポケットのついた薄い水色のエプロンをつけています。制服なのでしょうか、よく似合っています。髪を一つにまとめた子はアイシャ、二つに結んだ子はマリ、と自己紹介をしてくれました。アイシャもマリもはじけるような笑顔の人懐こい少女です。

そして、二人は親指ピアノを持っていました。

カザムは、ああ、やっぱり、とうれしさで胸が高鳴りました。

アイシャとマリが手にしていたのは、大量生産などではない、正真正銘手作りの親指ピアノでした。

二人の親指ピアノは、ティッシュボックスを五、六センチ短くしたくらいの木の箱で、中は空洞になっています。両手で親指ピアノを抱えたとき、両方の親指が楽器のちょうど真ん中にくる大きさです。

親指で操作《そうさ》する横に広いゲーム機をたて型にしたら似ているかもしれません。でも、親指で操作するのはボタンではなく、二十本ほどの細くて平たい金属製の棒です。この幅三ミリほどの平たくて細い棒の上部は、木の箱に固定されています。細い棒の上部は固定されていても、前方に向けて少し上向きに反り返っているので、指ではじくだけの隙間《すきま》があって、はじいても木の箱に当たりません。指ではじかれた金属棒は、澄んだ音色を響かせます。

鐘を撞《つ》いたり、お茶碗《ちゃわん》を叩いたりすると、きれいな音が出るのと同じ原理です。箱の中が空洞になっているので音は共鳴し、周囲に広がっていきます。爪ではじく細くて平たい鉄の棒は、ちょうど木琴《もっきん》や鉄琴《てっきん》のように、長さを変えることによって低音から高音まで出るようになっています。長ければ長いだけ低音になり、短ければ短いだけ高音が出ます。アイシャとマリの親指ピアノには、金属棒の上部一本一本に小さな丸い輪が付いていて、音が、より響くように工夫してあります。よく見るとその小さな輪の一つ一つに、アルファベットの一部が書かれたものや、錆びて色あせてはいますが、いろんな色が塗られていたりするものがありました。どうやら空き缶《かん》が材料になっているようでした。

「誰に作ってもらったの？」

カザムは、好奇心がおさえられなくてたずねました。

「わたしのカリンバは、おじいさんがずいぶん昔に作ったの。わたしが生まれるずっとずっと前」とマリ。

「わたしのカリンバは、お父さんが作ったもので、お兄さんにゆずってもらったのよ。お兄さんは最近、もっと大型で複雑なのを自分で作ったから。わたしのお兄さんはカリンバのプロの演奏家なの」

はにかみながらアイシャが答えました。二人は親指ピアノのことを《カリンバ》と呼んでいます。それが、この地域での呼び名なのでしょう。

アイシャとマリは、放課後、よく教室に残ってカリンバの練習をしているということでした。親指ピアノは、マイクを使わなければ、半径二、三メートルにしか届かない、かすかな音を奏でる楽器ですから、確かに静かなところでないと演奏は難しいかもしれません。カザムは、さっき開けてしまった窓をあわてて閉めに行きました。それからアイシャとマリに、どうか親指ピアノを演奏してくれるようにとお願いしました。二人は顔を見合わせてにっこりすると、輝く瞳をますます輝かせて、二人そろってこっくりうなずきました。

アイシャとマリ、カザムとオープイ、みんなで机や椅子を少し後ろに下げ、円くひらけたところを作りました。そこへカリンバを持ったアイシャとマリが座ると、カザムは、親指ピアノのどんなかすかな音も聞きもらすまいと、二人の近くに寄っていきました。

すると「ストップ、ストップ、ちょっとストップ！」オープイの「ストップ」の声がかかりました。

「カザム、いいかい。カザムも演奏するんだ」

そう言うと、オープイは、もぞもぞリュックの中を探っていましたが、「ほら、これだ、カザム」

そう言って取り出したのは……。

「あれっ、ムックリ？　ムックリだ！」

驚いて、カザムは素っとん狂な声を出してしまいました。

「これってアイヌ民族の楽器だよね。ムックリも、先生が持って来て見せてくれたから知ってるよ。口琴《こうきん》楽器の一種だって、先生言ってた。低くて……長く響く不思議な音色だったなぁ」

カザムは思い出すように遠い目をして答えました。

アイシャとマリは、大して驚いた様子はありませんでした。アイシャとマリの暮らす地域にも似たような口琴楽器があるのでしょうか。

「そうだ、その通りだよ。アイシャとマリが、親指ピアノを弾いてくれるのだからね。カザムはムックリを鳴らさなくっちゃ」

「でもオープイ、ぼくにはとても演奏できないよ。鳴らしたこともなければ、触《さわ》ったこともないんだから。リコーダーとか木琴、トライアングルくらいなら少しは……」

「大丈夫さ、ムックリ名人のように鳴らせと言っているわけじゃないから。ほら、持って。左手を頬にしっかりくっつけて左手の親指で口のところにムックリを固定する。そうそうその調子、それからムックリにくちびるをそっと当てる。今度は、右手。右手に弁を持って。弁のひもを引っ張りながら、ムックリに声を吹きかけてごらん」

カザムはオープイに言われるまま、ムックリを口元に持っていき、左手でしっかりと押さえました。それから、右手で弁に付いたひもを引っ張りながら、おそるおそる声を吹きかけてみました。

あれっ、おやっ、自分の出した声が不思議な音色になって広がっていきます。

ビーンビーンビーン　ドゥーンドゥーンドゥーン

デューンデューンデューン　ビーンビーンビーン

ビーンデューン　ドゥンドゥン　ビーンデューン　ドゥンドゥン……

とても自分が出している声とは思えませんでした。波がゆったりと浜辺に打ち寄せるように、風が森の梢を繰り返し揺らすように、後から後から重なって広がり、カザム自身の耳にも届きます。

初めて演奏するカザムには、リズムや音色を複雑に変化させたりすることはとてもできませんでしたが、それでも、それはそれで個性的な調《しら》べになっているのでした。

「それでいい」

オープイは満足そうにうなずくと、またしてもリュックの中をのぞきこみました。

「わたしはこれにします」

そう言ってオープイが取り出したのは、なんと、おもちゃのでんでん太鼓でした。

「でんでん太鼓！」

カザムはびっくりして、またしても素っとん狂な声を出しましたが、アイシャとマリは、今度も全く驚く様子はなく、顔を見合わせてにこにこしています。

「これで楽器がそろった。さあ、始めよう、ピアノと笛とドラムで、ジャムセッションだ」

オープイがみんなに呼びかけました。

カザムにはジャムセッションが何のことかわかりませんでしたが、アイシャとマリは、にっこりうなずきました。アイシャとマリは、ジャムセッションが何なのかわからなくても、ちっとも困らないようでした。

ふたりは、顔を見合わせて大きくうなずくと、カリンバの演奏を始めました。

少し暗くなりはじめた静かな教室に、軽やかな親指ピアノの音が広がりました。アイシャとマリは誰にも気兼ねせず、ただ心に従い、ひたすらカリンバを親指ではじいています。いつもそうであるようにアイシャはマリの、マリはアイシャのはじき出す音だけに神経を集中させて、かけ合いをやるのでした。

明け方、太陽が姿を現す前に地平線に広がっていく金をまぶしたオレンジ色の光、荷台に子どもを二人乗せて突っ走るバイク、十字路で人や車をさばく制服姿のお巡りさん、市場で売られるヤム芋やトマトや茄子の山、頭に荷を載《の》せ、子どもの手を引いてゆったりと歩く若い母親、もうもうといぶされる屋台の串焼き、日が暮れる前に水辺に集まってきた動物を逆光で縁取る夕日。

アイシャとマリの爪の先から、アフリカの自然と暮らしが、軽快なリズムに乗って繰り広げられていきます。

カザムはカザムで、二人の演奏する親指ピアノの音色から、水琴窟《すいきんくつ》の澄んだ音を連想し、滝から流れ落ちてキラキラと光る水しぶきを思い出していました。

カザムはしばらくの間、アイシャとマリの息の合った連弾《れんだん》にうっとりしていましたが、オープイの合図で、演奏に加わりました。

カザムのムックリが繰り返し押し出す低音が、アイシャとマリの演奏に深みを加えました。

オープイのでんでん太鼓は、音やリズムがなめらかに転がり過ぎるのを警戒するかのように、時々カタカタカタカタと鳴りました。

聴衆《ちょうしゅう》はいませんでしたが、演奏する四人は、それぞれがお互いの優れた聴衆でもありました。良い聴衆を得て演奏はいっそう洗練されていきました。このアフリカの小学校での演奏は、四人にとって忘れられない演奏会の記憶になりました。

西に傾いて、まず草原をおおった深紅《しんく》の夕日は、ゆっくりと街へ広がり、それから丘の上の学校にまで這《は》い上がってきました。演奏を終わらせる時がやってきたのでし

た。

オープイは、左手を高く上げ、エンディングの合図を送りました。ひとしきりカリンバの音色がコロコロと響き、それから、

ティリン　カラン　トゥルン　コロン　デューン　ドゥーン

カタ　カタカタカタ　デューン　コロロン　ビーンビーンデューン……

そして演奏は終わりました。

演奏を終えた四人は、しばらくぼうっとしていましたが、はっと我に返ると互いに手を重ねて握手をしました。それは、スポーツ選手がよく試合の直前にチーム全員で行う団結の儀式《ぎしき》にそっくりでした。

「名残惜《なごり》しいけれど、わたしたちはもう帰らなくてはいけない」

オープイは、アイシャとマリに告げました。アイシャとマリはニコニコうなずきました。

「ありがとうアイシャ、ありがとうマリ」

今ではもう昔からの友達のようでした。

リュックの中をのぞいてごそごそしていたオープイは、

「これは小さいけれど、とってもきれいな花火なんだ。きっと気に入ってもらえると思う」

　そう言うと、リュックの中から線香花火の束を取り出して二人にプレゼントしました。カザムは今度もとても驚き、そしてうれしくなりました。もしもカリンバの音色を目に見えるもので表すとしたら、線香花火くらいふさわしいものはほかにないと思ったからです。でもオープイがリュックから取り出してくるまで、カザムはそんなことを思いもしませんでした。

　ちらちらと、かすかに、はかなく……けれどすがすがしい強さで光を放ち、闇《やみ》を照らす線香花火こそ、カリンバの音色にふさわしいのでした。カザムは心からオープイに共感しました。

　アイシャとマリに見送られ、カザムとオープイはアフリカの小学校から旅立ちました。

☆

時間も空間も一瞬で飛び越え、二人はまた、ポプラの枝の上の白い雪のクッションに戻っていました。カザムは白い息を吐きながらオープイにたずねました。

「オープイ、リュックの中にはいったいどんなものが入っているの？　アイシャとマリとわかっていて、ムックリやでんでん太鼓、それに線香花火まで用意していたの？」

「いや、そういうわけでもない。リュックには、ゴル爺のせんべいだけはいつも入っている。まあ、ほかにも色々入っているよ。このリュックサックは、言ってみれば非常時携帯袋で、とっさのときに役立つものが一通り入れてあるんだ。ゴル爺が用意してくれたものだよ。多少は入れ替えることもあるけれどね。中身はだんだん増えていってる……で、出かけるときは、いつもこのリュックを背負うことにしている」

なんてすてきな非常時携帯袋だろう！

第五章　じゃんけん合戦

ムックリを鳴らしたせいか、あごがカクカク突っ張って喉がカラカラするように感じて、カザムは枝の上の積もった雪をすくって喉をうるおそうと思いました。

「おっとカザム、ほらこうして……」

オープイは、リュックの中から丸いせんべいを一枚取り出しました。そのせんべいをお皿にしてその上に雪をこんもり山盛りに載せると、両手でそっと押さえました。それからその雪の小山の上に、リュックから取り出した小瓶を振って、何か液体のようなものを振りかけました。それからポプラの枝を折ってせんべいの皿に添《そ》えるとカザムに渡して言いました。

「はい、お待ちどお、即席苺のかき氷。苺シロップは、ゴル爺特製だよ。『プイプイかき氷店』一番人気のシロップさ」

「うわぁ、すごいや！」

カザムは、思わず叫んでしまいました。辺りが暗いので、真っ赤な苺の色はよく見えませんでしたが、ああ、味も香りもまちがいなく苺です！　オープイのリュックには、苺シロップの小瓶も入っていたんだ。なんて気がきいているのでしょう！

カザムはかき氷だけでなく、せんべいのお皿もカリポリカリポリすっかりおいしく食べました。

カザムが食べ終わるのを待っていたかのようにオープイが言いました。

「さあ、出かけよう」

「えっ？　また出かける？　やったー」

カザムは目を輝かせました。

「今度はどこ？」

「真下を見てごらん。ほら、池に穴が開いているだろう」

カザムは、ポプラの枝にしがみつきながら、身を乗り出すようにして、真下の、薄く氷が張った公園の池を見ました。確かに池にはぽっかりと円い穴が開いています。そこだけ円く暗いので、上からでもはっきりと見えました。釣《つ》りでもするために開けられた穴でしょうか。それとも池の魚に餌《えさ》をまくための穴でしょうか。この穴がどうしたのだろうと思って、カザムはいぶかしそうに、オープイの方を振り返りました。

　カザムが池に開いた穴を確認できたと知ると、オープイは、カザムの手を取りました。

「さあ、あの穴をめがけてダイビングだ。いいかい、一、二の、三！　ダイブ！」

「うわっ！」

　いきなりのダイブです。

　カザムは左手で、オープイは右手で、空気を大きくかき分けるようにして宙に飛び込んでいきました。大きく弧《こ》を描いて二人は落下していき、吸い込まれるように、誘い込まれるように池に開いた穴の中に姿を消しました。

☆

　二人は細くて暗いトンネルを、ロケットのような猛スピードでくぐり抜けていきました。最初は何も見えない、全くの暗闇でしたが、しばらく進むうち、前方にかすかな光が見えてきました。トンネルの奥の方がわずかに青白く光っています。

カザムとオープイは、その青白い光に引き寄せられるように光に向かって突き進んでいきました。

その青白い輝きがものすごく強くなったと思うと、二人は突然光の中に投げ出されていました。

二人が降り立ったのは、満天の星空を、そっくりそのままはめ込んだような丸天井《まるてんじょう》のある、大きな洞窟《どうくつ》の広場でした。振り仰《あお》いで天井を見ると、大小の星がびっしりとひしめきながら青白くまたたいているように見えます。その光で洞窟全体が青白く照らし出されています。厚くどっしりとした岩が洞窟を支えていて、その黒光りのする岩肌は、下から天井に向けて次第に強く青い光を放っています。

「土蛍《つちぼたる》だ」

オープイが声をひそめて言いました。それはほんとうに、声をひそめたくなるような神秘的な光景でした。

「そうか、土蛍が光っているのだね」

天井をながめながら、カザムもささやき声で言いました。それは壮大な宇宙を抱えこんだ洞窟でした。いったいどのくらいの年月をかけてこの洞窟は自分を作り上げてきたのでしょう。土蛍はいったいどのくらいの間光り続けてきたのでしょう！

洞窟の中で、時は気が遠くなるほどゆっくりと流れているのでした。ふたりは、自分たちがいかにもちっぽけな存在であると感じないわけにはいきませんでした。

見渡すと、この洞窟の奥は深く、いくつかに細かく枝分かれしています。その枝分かれした細い洞窟は、青白く光りながら次第に闇の中に溶け込んでいます。どのくらい奥まで続いているのか見当もつきません。その奥の奥まで入って行った人間はいるのでしょうか。カザムがそんなことをぼんやり考えていると、どこからともなく低い声が聞こえてきました。

「やあ、カザム、やあ、オープイ。よく来たね、待っていたよ」

くぐもった声がワーンワーンと洞窟にこだましていきました。

「誰の声だろう？　洞窟の神様でもいるのかなぁ、それとも洞窟に住んでいる神様かなぁ」

と、カザムはオープイにそっとたずねました。青く光る天井をしばらく振り仰いでいたオープイが、やはりささやき声で答えました。

「神様というより……洞窟の声という方が近いかもしれないね。洞窟さんがわたしたちを歓迎してくれている……のじゃないかな」

「洞窟さん。そうか、洞窟さん自身がしゃべっているのだね……オープイは、前にもここに来たことがあるの？　洞窟さんを知っているの？」

「いや、初めてだよ。でも、光る洞窟の話なら、確かとろ爺から聞いたことがある。それに初めて来たような気がしない。おそらく天井のこの星空のせいだ」

土蛍が発光する青白い天井から目を離さずオープイが、答えました。

「どうやら我が洞窟を気に入ってくれたようだね」

ワーンワーン
カザムもオープイも、大きくうなずきました。

「すてきなところですね」

天井をぐるっと見まわしながらカザムが答えました。

「カザム、オープイ。せっかく我が洞窟を訪ねてくれたのだから、ゲームでもして遊んでいってはどうかな？」

ワーンワーンと洞窟さんが話しかけてきました。

「ここで……ゲーム……どんなゲーム？　誰と？」

「ああ、ここで、わたしと。そうだなぁ…うーん…じゃんけん……、じゃんけんなんかどうだろう」

ワーンワーン
「じゃんけん？」

カザムとオープイは、顔を見合わせました。なんだか面白そう！　でも……。

「じゃんけんをするのですか？　じゃんけんを何回するのですか？　わたしたちが勝ったらどうなるのでしょう？　反対にわたしたちが負けたらどうなるのでしょう？」

オープイが慎重にたずねました。

「三回先勝でどうだろう。わたしが先に三回負けたら君たちの願いを聞いてあげよう。わたしが先に三回勝ったらわたしの頼みを聞いてもらう。どうだい?」

ワーンワーン
カザムとオープイは、小声で相談を始めました。天井は相変わらず静かに青く光っています。

結論が出ました!

「いいでしょう、洞窟さん。じゃんけん三回勝負、受けて立ちましょう」

カザムが、きりりとした声で言いました。

「じゃんけんゲームは、このカザムが引き受けます」

「ほほう、カザム、そういうところを見ると、カザムにはこのゲームに勝って果たしたい願い事があるようだね、で、それは何だろう」

ワーンワーン
「南十字星を見ること」

カザムはきっぱりと答えました。迷いはありません。

「ふぅーむ、南十字星、ほかにも星座はいろいろあるだろうに、カザムは、なぜ南十字星が見たいのかね」

「ぼくの住んでいるところから、南十字星を見ることはできません。ぼくのおばあちゃんは、南十字星の見える村で生まれ、南十字星を見ながら育ったそうです。でも、南十字星の見えない村にお嫁に来ました。今でもとても懐かしそうに南十字星の話をします。そして、最後にはいつもこう言うのです。『一度でいいからカザムに南十字星を見せてやりたい』と。ですから、南十字星を見るということは、ぼくだけの願いではなく、おばあちゃんの願いをかなえることにもなるのです」

「なるほど、なるほど。ではカザムが勝ったら、わたしがその願いをかなえることとしよう」

ワーンワーン
「ところで洞窟さんからの、ぼくたちへの頼み事って何ですか。負けたぼくたちが、あなたにかなえてあげられるようなことがあるのですか？」

「わたしの頼みは、君たち二人に演奏をしてもらうことだよ」

ワーンワーン
「演奏?」

カザムとオープイは、けげんな面持ちで顔を見合わせました。

「そうだよ。ムックリとでんでん太鼓で、この洞窟にふさわしい即興《そっきょう》演奏をしてもらいたいのだ。何でも、アフリカでのジャムセッションは、とても楽しかったそうじゃないか」

ワーンワーン
なんと、洞窟さんの情報の早いことと言ったら!

「いいですとも!」

二人は大喜びで引き受けました。これで、たとえジャンケン勝負に負けたとしても、心配はいらないようです。ただ、アイシャとマリのカリンバ抜きで、洞窟さんが喜んでくれるような演奏ができるかどうか、ずいぶんと不安でしたが。

「ちょうどいい、ジャンケン勝負のジャッジは、オープイに頼もう」

ワーンワーン
「わかりました。審判、引き受けましょう」

オープイが、答えました。

「ところで洞窟さんは、どうやってグー・チョキ・パーを出すつもりですか。どこから大きな手でも伸びてくるのでしょうか？　公正なジャッジを行うためには、是非《ぜひ》とも聞いておかなければなりません。それから選手のお二人に最初に言っておきますが、後出しジャンケンは、無効です。その辺りはきびしく判定します」

「後出しの心配はない」

と、どこか愉快《ゆかい》そうに洞窟さんが答えました。

ワーンワーン
「ほら、ここから奥に向かって延びている細いトンネルのような小洞窟を見てごらん、全部で八本あるだろう。この八本の小洞窟は、それぞれ外界につながっている。のぞいただけではよく見えないだろうが、これらの洞窟の出口は、グー・チョキ・パーのどれかの形をしているのだ。だからカザムは、この八本の洞窟の中から、好きな洞窟を三つ選んで、そいつとジャンケンをすればいいのだ。これでは、わたしにもカザムにも、後出しの心配はないだろうさ」

ワーンワーン

「なるほど、洞窟さんのグー・チョキ・パーは既《すで》に出されているというわけですね。では、洞窟の出口の形の確認は、どうやってすればいいのですか。当然審判のわたしがすることになると思いますが」と、オープイ。

「そうだよ、オープイの役目だ。ほら、そこの岩の上に双眼鏡があるだろう。カザムがジャンケンを出したら、君はそのつど洞窟に入って双眼鏡で洞窟の出口の形を確認しておくれ。そしてカザムが勝ったのか、わたしが勝ったのか、ジャッジしてくれればいい」

「なるほど、わかりました」

オープイはそう言うと、洞窟広場の真ん中に埋まっている、大きな平たい岩の上の双眼鏡を取りに行きました。ズシリと重い立派な双眼鏡です。

「勝負の相手になる三本の洞窟は、ぼくが選んでいいのですね？」

カザムが念を押しました。

「ああいいとも。カザムの選んだ洞窟で構わない」

「そうですか、では、ぼくが選びましょう。向かって右から三本の洞窟に決めます。でも、あいこになって、勝負がつかないときは順繰りに次の洞窟に移ることとします。洞窟さん、それでいいですか」

「ああいいとも。それでは、そういうことにしよう」

「では、これからジャンケン合戦三本勝負を行います。カザム、前へ出てこの大岩の上に立ってください。」

オープイが、双眼鏡の置いてあった大きな岩を指さしながら、おごそかな声で言いました。

「カザム、わたしの『ジャンケン ジャンケン ジャンケン ポイ！』のかけ声に合わせて、ジャンケンをしてください。いいですね。それでは……」

「タイム、タイム、タイム！　ちょっとタイム！」

カザムが、叫びました。

それからカザムは、両腕をねじって両手の五本の指をからませて組み、次に腕をくるりと内側にくぐらせました。あっ、これは誰もが知っているジャンケンをするときの、あのまじないのやり方です。親指の隙間《すきま》にできた形をヒントに、出すべきジャンケンを決めるのです。

カザムは両手の中をのぞきこんでちょっと考えている風でしたが、

「決まりました！」

と大きな声で言いました。

「それでは行きますよ！　ジャンケン　ジャンケン　ジャンケン　ポイ！」

オープイの声に、洞窟さんも、カザムも声を合わせました。

「ジャンケン　ジャンケン　ジャンケン　ポイ！」

ワーンワーンワーン

パー！　カザムが最初に出したのは、パーでした。

「パーです。カザムは、パーを出しました。では、第一洞窟が何を出しているか、行って見てきましょう」

そう言うとオープイは第一の洞窟に近づいて行きました。オープイは、洞窟の奥深くには入って行かず、入り口のところから、はるか遠くの出口を双眼鏡で探しました。遠い出口の向こう側に、月が出ているのでしょうか、オープイが双眼鏡のピントを合わせていくと、その出口は、くっきりと明るく……パーの形をしていました。楓《かえで》の葉のようにも、ヒトデのようにも、星の形のようにも見えましたが、やはりパーと言っていいでしょう。とても、グーやチョキには見えません。オープイは、岩の台のところに戻ってくると、おごそかな声で言いました。

「第一洞窟の判定結果は、パーです。まちがいありません。ですから、第一回戦はあいこで、勝負がつかなかったことになります」

カザムは黙ってうなずきました。洞窟さんは、「ふふーむ」と、かすかに空気をふるわせました。

「それでは第二回戦です。カザム、準備はできましたか」

カザムは今度も、ねじって組み合わせた両手の奥をのぞきました。今度は、あっさり決まったようでした。

「では、位置に着いて。ジャンケン ジャンケン ジャンケン ジャンケン ポイ！」

カザムは、拳《こぶし》をにぎった右手を、グンと前に振り出しました。グーです。

「グーです。カザムは、グーを出しました。では、第二洞窟が何を出しているか、行って見てきましょう」

そう言うとオープイは第二の洞窟に近づいて行きました。

第二洞窟の出口は……チョキの形でした。Yの字にも、Vサインのようにも見えましたし、ほっそりとしたハートマークのようにも見えました。でもこれはやはりチョキと言うべきでしょう。

オープイは、岩の台に戻ってくると、おごそかな声で言いました。

「第二洞窟の判定結果は、チョキです。まちがいありません。第二回戦の勝者は、カザムです。洞窟さん、よろしいですね」

「してやられた。これは、わたしの負けだ」

ワーンワーン
「カザムが、一勝取りました。では、第三回戦です。カザム、いいですか？」

カザムは、またしても、ねじって組み合わせた両手の奥をのぞきこみました。しかし、のぞきこんだかと思うと、すぐに顔を上げて、「準備ＯＫです。さあ、どうぞ」と、自信たっぷりの様子です。

「では、いきますよ。ジャンケン　ジャンケン　ジャンケン　ポイ！」

カザムは、にぎっていた拳をパッとひらいて、前に突き出しました。パーです。勢い良く握手をするように出されたパーでした。

「パーです。カザムは、パーを出しました。では、第三洞窟が何を出しているか、行って見てきましょう」

そう言うとオープイは第三の洞窟に近づいていきました。

第三洞窟の出口は、グーの形でした。明るい外の光を受けて、はっきりグーの形をつくっていました。亀《かめ》の甲羅《こうら》にもカナブンにも似ていましたし、クリームパンのようにも見えましたが、やはりこれは、グーというしか言いようがありません。

「第三洞窟の判定結果は、グーです。まちがいありません。第三回戦の勝者は、またしてもカザムです。洞窟さん、異議はありませんね」

「ああ、ジャッジに文句はつけない。了解だ」

ワーンワーンと、洞窟さんの声が低く響きました。

「洞窟さん、頑張ってください。……では、第四回戦に入ります。カザム、態勢は整っていますか？」

カザムは、こくりとうなずきました。さっきと同じように、ジャンケンのおまじないをサッと済ませ、何を出そうか迷っている様子はまったくありません。何だか余裕すら感じさせる態度です。

「では、第四回戦です。ジャンケン ジャンケン ジャンケン ポン！」

カザムが、大きく突き出した手はハサミの形、チョキでした。

「チョキです。カザムは、チョキを出しました。では、第四洞窟が何を出しているか、行って見てきましょう」

そう言うとオープイは第四の洞窟に近づいていきました。双眼鏡で第四洞窟の中をじっと見ていたオープイは、振り返ると大きな声で言いました。

「第四の洞窟の出口は、パーの形をしています。見まちがうことはありません。パーです」

　すたすたと岩の台に戻ってくると、オープイははきはきと述べました。

「カザムと洞窟さんに正式に伝えます。このジャンケン三本勝負、カザムの三勝ストレート勝ちにて決着いたしました。勝者はカザムです」

　カザムは満足そうにうなずきました。

「いやぁ、カザム、お見事、わたしの完敗だ。おめでとう！」

　洞窟さんの声がひときわ大きく響き渡りました。

　ワーンワーン
「ところでカザム。きみはどうやってこの勝負にストレート勝ちできたのかい？　占いのような奇妙なことをしていたが、その効きめがあったのかい？」

　ワーンワーンと洞窟さんがたずねました。

「ああ、これですか？」

　と言って、カザムはねじった両手を組むと、腕を、内側に向けてクルリと回しました。

「こうやって、小指の側からのぞくと、親指を組んだところに隙間ができます。その形を見て、何を出すか判断するのですが、今回、ぼくはあることがひらめきました。小指の側を洞窟の入り口だと考えると、親指側に現れているのは洞窟の出口の形ではないかと。いつもだったら、組んだ親指のところにできた形を、自分が出すジャンケンに決めていました。でも今日は、現れた形は相手方、つまり洞窟さんの出す手ではないかと思いついたのです。

第一回戦を占ったときに見えた形はパーでした。そこで、ぼくは、試しにパーを出してみることにしました。ぼくの勘が当たっているなら、洞窟さんはパーを出すはずで、そうであれば勝負はあいこになります。勝てないまでも負けにはなりません。そして、ご覧のように、ぼくの思った通りになりました。二回戦からは、おまじないで表れる形に勝つことのできる手を、自信をもって出すことにしました。チョキの形が見えたときはグーを、グーの形が見えたときは、パーを出すという具合です」

「これはこれは。その変てこりんなおまじないで、私の手の内はすっかり見抜かれていたというわけか」

と言いながらも、洞窟さんにはあまり悔《くや》しがっている様子がありません。カザムの快進撃が何だかうれしいようでさえあります。それに、負けは負けとして、いさぎよく認めているようです。

「では、約束通りぼくの願いをかなえてもらえますね」

カザムは、期待に胸をはずませて、ドキドキしながら言いました。うれしさのあまり、声がふるえてしまいました。

「ああいいとも。二人で行って見ておいで。ほら、そこの第五の洞窟。その洞窟を、ずっと行って、出口まで行って、そこから夜空をながめるといい。カザムの見たいものが見えるはずだ」

そこで、カザムとオープイは、手をつないで第五洞窟の入口まで行くと、そっと中をのぞいてみました。洞窟の天井は青く光っていて、ちょうどトンネルを照らす天井灯のように、淡く青い光が一筋、洞窟の奥へ奥へと続いています。どのくらい長い洞窟なのでしょう。どこまで行けばいいのでしょう。歩いて行くのでしょうか。二人は、洞窟の中をのぞきこみながら、そんなことを考えて顔を見合わせました。

突然、二人の背後から、大きな風の塊《かたまり》がどんと吹いて、二人を第五洞窟の中に突き飛ばしました。あっと思う間もなく、二人は吹いてきた風に乗って、洞窟の中を疾走《しっそう》していました。追い風に吹かれて、どんどんどんどん前に進んでいきました。ぐんぐんぐんぐん前に進んでいきました。

そして、ぱたりと風が止んだかと思うと、二人は洞窟の外にポンと投げ出されていました。

☆

第五洞窟の出口は、高い崖《がけ》の上にありました。はるか下の方に夜の海が黒く横たわっています。辺りには暖かい風が吹いていて、海には白い波頭が立っています。こわごわ崖下をのぞいていた目を空に転ずると、ああ、そこは降るような星空でした。正真正銘こぼれるような星のパノラマでした。

北半球の星座とは明らかにちがう星座が、さえぎるもののない夜空にちりばめられています。まぎれもない南天の星空でした。

北天より星が多いような気がするのは、太い大きな天の川のせいでしょうか、それともここの大気がとても澄んでいるからなのでしょうか。

そしてありました、南十字星！　北天の空を覆う、白鳥座の巨大な北十字星と比べると、ずいぶんほっそりしていますが、一等星が二つもある、南十字座の中の、すっきり明るい十字星が、壮大な天の川を従えて輝いています。カザムもオープイも、息を呑《の》んで立ち尽くしました。

「南十字星」しばらくしてカザムはやっとつぶやきました。おばあさんが常々「一度でいいから、カザムにも見せてやりたいねぇ」と言っていた、あの、おばあさんの南十字星。

☆

実際に南十字星を見て、カザムはおばあさんの気持ちが初めて身にしみました。おばあさんが、南十字星を見せたがったのも納得がいきました。こんなにすっきりと輝く十字星が頭上にあって、仰ぎ見ることができたら、人はどんなに心強いことでしょう。

南十字星を自分の星のように言うおばあさんを、カザムはうらやましく思いました。カザムは、首をうんとのけぞらせて満天の星をぐるりと見渡してから、霞《かすみ》のような星くずの川を従えてひときわ輝く南十字星を、再びながめました。目の奥にしっかり焼き付けておこうとしているようでした。長い間じっと見つめていました。

オープイはオープイで、星の年齢のことを考えていました。百四十五億歳《さい》なんて星もあったなぁ、とぼんやり思い出していました。一方、わずか百万年くらいで消滅していく星もあるのでした。……わずか百万年といっても……とオープイは、かぶりを振りました。一年三百六十五日の頭で想像するのは不可能に近い時の流れでした。それは、地球の生き物の命と比べると、はるかにはるかにはるかに長い、としか言い表しようがありません。オープイは、ちょっと胸が痛みました。

でも、ここに来て、宇宙がこんなにも無限に広がっていて、こんなにも果てしなく続いていることの意味が、自分なりに少しわかったような気がするのでした。

生命の存在する星で、すべての命はポチッと誕生し、プチッと終わる。

カゲロウの一生もセミの一生も、それに比べれば、はるかに長いと思える人間の一生も、この巨大悠久《ゆうきゅう》の宇宙では、はかなさという点では全く同じ。絹針《きぬばり》の先ほどのかすかな光が一瞬点滅するほどのことでしかない。

宇宙は、その小さな小さなポチッ、プチッ、小さいけれども《一つの個》として確かに存在した、全ての生成と消滅の一大貯蔵庫なのだ。これまでも繰り返され、これからも繰り返される生成と消滅を保存するには、これほどの巨大宇宙が必要なのだ……。


「帰ろう！　ぼくはもういい」

空を見上げたままのカザムの呼びかけに、オープイは、物思いから覚めました。

すると、海風が洞窟に向けてゴーッと吹き上げて、カザムとオープイを洞窟の中に追いやりました。

星が一筋、空を流れていきました。

暖かい海風に背中を押されてカザムとオープイは、洞窟をどんどんどんどん戻っていきました。ずんずんずんずん戻っていきました。そして、ポンとあの洞窟広場に投げ出されました。

☆

「洞窟さん、ただいま！　見てきました、南十字星」

カザムが立ち上がりながら帰還《きかん》のあいさつをしました。

「それで、どうだったかな」

ワーンワーン
「おばあちゃんに報告できます。おばあちゃんがなぜ、ぼくに南十字星を見せたがっていたのか、わかった気がします」

「ほほう、どうわかったのだろう?」

「人は、何か大きなものに守られているってこと。南十字星は、おばあちゃんにとってその何か大きなものなのです、きっと」

「……ふーむ、なるほど……カザムは良い冒険をしてきたようだな。オープイ、ご苦労さん」

「そろそろ、お別れする時が来たようです」

オープイは、青白く輝く洞窟を名残惜しそうに見渡しながら言いました。

「ああ、そうだな。とろ爺によろしく伝えておくれ」

洞窟さんも名残惜しそうです。


「洞窟さん」

突然、カザムがオープイの方を振り返りながら言いました。

「お別れする前に、わたしたちの二重奏を聴《き》いてください。この洞窟で、ムックリとでんでん太鼓が、どんな風に響くか、ぼくたちも興味がありますから」

同意を求めるようにオープイを見ました。

「ほほう、これはうれしい。敗者に情けをかけてくれるとは」

洞窟さんがうれしそうに愉快そうに言いました。オープイは、あわてて背中のリュックをおろすと、中からムックリとでんでん太鼓を取り出しました。二人ともうまく演奏できるかとても不安で、演奏をためらう気持ちもありましたが、洞窟さんに喜んでもらいたい気持ちの方が勝ちました。

二人が平たい岩の上に立つとそこはステージに早変わりです。二人は向き合って楽器を手に取りました。カザムは、ムックリを唇に持っていき、オープイの合図を待ちました。オープイは、でんでん太鼓を高く持ち上げ、大きくくるりと振りました。

それは、ムックリとでんでん太鼓だけの、素朴《そぼく》この上ない演奏でした。

カタ・カタ・カタカタカタカタ・カタ・カタ・カタカタカタカタ
ブユーンビーン・ブユーンビーン・ブユンビン・ブユンビン
ブユンビーン・ビーン・ビーン・ブユーンビーン・ブユーンビーン

ブユンビン・ブユンビン・ビン・ビン・ビン・ビン
タラッタカタラッタカ・タカタカタカタカ
タラッタカ・タカタカ・タラッタカ・タカタカ

一心不乱に演奏をしていた二人は、ふと、不思議な歌のような響きが二人の演奏に溶けこんでいることに気がつきました。ムックリとでんでん太鼓にしっくり合った歌声。低くなったり高くなったりしながら、ムックリとでんでん太鼓の音色にたわむれ、近づいたり遠のいたりする歌声……。

それは二人に、モンゴルの人々のホーミー※の歌声を思い出させました。洞窟さんが、歌で参加してくれたにちがいありません。

素朴な三重奏は、洞窟のあちこちにぶつかり、反響し増幅し厚みを増して広がっていきました。この風変わりな、しかし心地良い演奏の聴衆は、洞窟さんと青く光る土蛍、それにカザムとオープイだけでした。

※ホーミー：一人で低い音と高い音を同時に発声する、モンゴルの伝統的な歌唱法

第六章　夜間飛行

カザムは真冬の公園のポプラの木の上、雪のクッションに寄りかかっています。瞼《まぶた》に焼き付いた南十字星と洞窟の余韻《よいん》がまだ残っていて、ぼうっと座っています。オープイも興奮を鎮《しず》めるかのように、ポプラの木の枝に足を引っかける、あの独特のポーズでゆらーりゆらーり揺れています。夜の公園は相変わらずしんと静まり返っていて動きも音もありません。おばあさんの家からもれる明かりが、暖かい色ににじんで見えます。

オープイが、くるりと器用に一回転して枝から離れると、カザムのとなりに腰かけました。

「はい、割れせん」

オープイが取り出したのは、今度は割れせんべいでした。せんべいを作るときにどうしても出てしまう、割れたり欠けたりしたものを、割れせんと言います。工場で作られるせんべいには、割れせんもたくさん出ますが、ゴル爺の手作りせんべいでは、それほど多くは出ません。それでも、ゴル爺はチャグー村の市に出すために、あれこれ混ぜた割れせんの袋詰めを作ります。この割れせんの袋は、一袋でいろんな味が楽しめる上に、値段も手ごろなので、チャグーの村人にも人気があります。最初に売り切れてしまうのも、いつも割れせんの袋です。

カザムがオープイから受け取って手にしたのは、円い形が所々欠けた海苔《のり》せんべいでした。手にしたとたんに磯の良い香りが漂ってきて、カザムはさっそくかじりつこうとしました。

「ストップ、ストップ！」

カザムが、なめもかじりもしないうちに、オープイのストップの声がかかりました。

「その割れせん、何に見える？　さあ、よく見て」

「割れせん？　これ？　あっ！　これ……、……これクジラだ！　クジラだよ！」

と、カザムが目を丸くして言ったとたん、カザムの手の中の海苔を巻いた割れせんは、ぐんぐんぐんと大きくふくらんでいって、あっという間に体長が十五メートルもありそうな、堂々としたクジラになりました。尾びれをピンと立てています。

「このクジラ、セミクジラかもしれない！」

カザムは、ぷかぷかと宙に浮いているクジラをのけぞるようにして見ながら言いました。たしか生物図鑑で見たことがありました。その図鑑で見た色々なクジラの中で、それほどシャープでも大きくもありませんでしたが、姿がどことなくユーモラスで印象に残っていたのでした。

「そうさ、こいつは、セミクジラのブルークだよ。さあ、ブルークの背中に乗ってごらん」

オープイがすすめてくれました。それでなくてもクジラの背に乗ってみたかったカザムは、大喜びでクジラの尾びれに飛びつきました。尾びれから、ねばっこい大きな体に登っていくのはなかなか大変でしたが、すべり落ちないようにそろそろと慎重に登っていきました。どうにかこうにか背中によじ登ってみると、その広いことと言ったら！　今、カザムの学校で一番人気のスポーツ、バドミントンもできそうな広さです。ちょっとぬるぬるしていますが、とても弾力があって、まるで上等の革張りでできた野原のようです。この上でジャンプをしたら、トランポリンのように弾《はず》んで、そのまま宇宙の果てまで飛んでいってしまいそうです。

するとと、オープイが、「さあカザム、クジラのブルークと一緒に夜間飛行を楽しんでおいで。夜でなきゃわからない空の旅というものもあるからね。今回はぼくが留守番だ」

そう言ったかと思うと、オープイはクジラのピンと立った尾びれをピシャピシャッと叩きました。

するとクジラのブルークは思いっきり体をくねらせてザブーン、大空の中へ飛び込んでいきました。カザムは、あわててクジラにしがみつきました。

☆

最初のうち、クジラのブルークは、ゆっくりゆっくり泳いでいましたが、それでも相当な速さで、それはクジラの背中に乗っているカザムの耳元を切る風の鋭い音でわ

かりました。
　このぬるぬるの背中から滑り落ちないようにするには、ちょっとコツがいりました。でも、すぐにわかったことですが、クジラに無理にしがみつくのはうまいやり方ではありません。むしろ体の力を抜いて、くねくねくねるクジラの動きに同調した方がいいのです。実際、無理に体をくねくねさせなくても、クジラの動きに身をまかせれば、体はリズムに乗って勝手にスルスルゆらゆら動くのでした。
　カザムはこうして、クジラのブルークの背中にうまく乗るコツを覚えました。カザムが背中に乗るコツを覚えたとみると、ブ

ルークは次第にスピードをあげ、また、もっと大胆に泳ぎはじめました。

ブルークは、どうしてあんなにしなやかに体を動かすことができるのでしょう。頭を真っすぐに持ち上げると、急に大きな図《ずう》体《たい》をくねらせ、まるで見えないジャンプ台から飛び込むように急降下し、カザムを驚かせます。カザムは振り落とされないようにブルークの動きに従いながら、笑っています。キャッキャッと笑っています。くすぐったいときのようなそんな笑いです。カザムは、すっかりブルークの一部になりきっています。

それから大技のジャンプを数回繰り返す

と、ブルークはしばらくジグザグに泳いでいましたが、急に東を目指して真っすぐに泳ぎはじめました。大空を東に向かってビュンビュン泳いでいきました。大きな池のある公園もチャグー村もゴル爺の森も、とっくに闇の中に沈んでしまいました。牧場を越え、山を越え、河を越え、広い麦畑を越えてブルークは泳いでいきました。

ずんずん泳いでいくと、遠くに何かキラキラキラキラ光っているところが見えてきました。クジラのブルークは、どうやらそこを目指して泳いでいるようです。近づくにつれ、そこは赤や青や黄色や、もう、様々の色がピカピカ光ったりまたたいたり流れたりしていて、まるでそこら中に宝石をばらまいたようでした。

クジラのブルークがもっと近づいていくと、宝石のように見えたものは、まばゆいばかりの街の明かりなのでした。その時刻、チャグー村はとっくに寝静まっていましたが、ここでは街頭の明かり、ビルの上の目まぐるしく動く広告塔《とう》や看板、ショーウインドーや商店の明かり、そして行き交う車のヘッドライトやテールライト、あらゆる光が一緒くたになって、にぎやかに色を競い合っているのでした。

カザムは、あまりの美しさに目を見張り、ポカンと口を開けています。アラブの王様の宝石箱にだって、こんなにたくさんの見事な宝石は入っていないはずです。夜の空高くから見下ろす街の明かりがこんなにも美しいということを、カザムは初めて知ったのでした。

街の上空をゆっくり旋回《せんかい》していたブルークは、急に高度を下げると夜の街へずんずん接近していきました。すると、街路樹の下のテーブルで食事をしている人がはっきり見えてきました。テーブルクロスがかかっている食卓には、料理を前に、話したり笑ったりしている人がいて、冬の夜に外で食事をしたい人がいることを教えてくれます。それに、こんなに明かりがともっていると、ほんとはとても寒いはずなのに、あまり寒くないように思えるから不思議です。

ブルークは泳ぐのを止めました。夜空に静かに浮かんでいます。もしこの時、誰かが空を見上げたら、クジラの形をした大きな飛行船が飛来していると思ったかもしれません。

広場で踊っている人や、それを見物している人が見えました。しんみりと踊ってい
る若いカップルもいれば、ゆっくりと踊る老カップルもいます。盆踊りのようなドジ
ョウすくいのような、変わった振りのダンスを賑やかに踊っている若者のグループも
います。見物している人たちが体でリズムを取ったり口笛を吹いたりするので、踊る
人たちは余計に踊りがいがあるようです。

通りの角には、椅子に座ってバンドネオンを演奏している人がいて、それを伴奏に、
タンゴを踊っているカップルもいます。そこはそこで、拍手でリズムを取ったり、か
け声が飛び交ったりして盛り上がっています。反対側の通りの角では、こちらも椅子
に座ってハーモニカを吹いているおばあさんがいて、それを聞きもらすまいと地べた
に座って聞いている一団がいます。

宝石箱をひっくり返したような都会の街路から、さまざまな音がカザムのところま
で立ち上ってきました。カザムは一つのことに気がつきました。アフリカでカリンバ
とムックリとでんでん太鼓がすぐになじんで心地良い調べを奏でたように、ここでは、
たちのぼる様々の音が混ざりあって、おしゃれな都会の調べを作っていることに。

光あふれる夜の街が、人の心の音色を奏でているのです。

ふと、その中に歌声が、女性の歌声が混じっているのに気が付きました。聞いたことのある懐かしい歌。どこから聞こえてくるのだろう……カザムはブルークから身を乗り出すようにして、歌声を探しました。

通りには屋台もたくさん出ています。焼き芋やタコ焼きの屋台、アクセサリーやマフラー、小さな花束や、なぜか目覚まし時計や電池を売っている屋台もあります。ホットドッグの屋台もありますが、温かい紅茶とアンパンをセットにして売っている屋台もあって、あちこちに人だかりができています。

もう遅い時間なので、通りに子どもはあまり見かけませんでしたが、通りに面したビルの窓の向こうに、ベッドで本を読んでいる子、ぬいぐるみの豚に話しかけている子、体操服を畳んだり教科書をランドセルに入れたりしている子が見えます。歯磨きをしてゴロゴロプッと、うがいをしている子もいます。

もちろん子どもばかりではありません。肘《ひじ》をついてぼんやりと街のにぎわいを見下ろしている若い女性がいます。ジグソーパズルと格闘《かくとう》中のおばあさんや、将棋盤と向き合った二人のおじいさんの姿もありました。体を投げ出して子猫におっぱいを飲ませている母猫もいます。風船の束が天井にくっついている部屋に人が集まっています。何かのお祝いをしているところでしょうか。一方、暗く閉ざした窓や、重いカーテンの向こうに明かりのともらない部屋もあります。「ワンルームあり」や、「入居者募集！　ペット可」と斜めに張り紙のある部屋も見えました。

その窓の一つから、歌声が聞こえてきました。ピアノに向かって弾き語りをしているらしい女の人の歌声。ああそうだ、とろ爺に頼んで街から届けてもらった、おばあちゃんのCDの中に入っている歌。おばあちゃんがあんまり繰り返し聴いているので、カザムが、《おばあちゃんのテーマソング》と呼んでいるあの歌でした。その《おばあちゃんのテーマソング》を、この街でこんな風に歌っている人がいる……。

満たされた心で、空から街全体をながめると、ここはこんな風だけれど、あちこちの村や街で、それぞれの時間をそれぞれに過ごしている人々のいることも自然に想像できるのでした。いや、人間だけではなく、冬眠に入っている生き物、天敵を避《さ》けて夜に活動する動物、反対に陽が落ちるとねぐらにこもる鳥、氷の張った水面下でゆらゆらと眠る魚。それぞれの生き方があって、皆それに従って今を生きている……。

☆

突然、もう十分だろうとでも言うようにクジラのブルークが、ピシャッと尾びれを振ったので、カザムは、はっと我に返りました。ブルークは、地上に降りる気は全然ないようでした。それからブルークは首をぐるりと回し、まばゆい街の上空に、ずんずんずんずん上っていきました。どうやら上空で向きを変えて、雪の公園に戻るつもりのようでした。

「あっ、待って、ブルーク。引き返すのだったら、せめて街の人たちにあいさつをして帰ろうよ。ねっ」

カザムはブルークに頼みました。

すると、クジラのブルークは、合点《がってん》というように、大きく首をひねりました。そしてさらに上空へ、ぐぐん、ぐぐんと泳いで上っていきました。そして上っていったかと思うと、そこで思いっきり高く、思いっきり盛大に潮を吹き上げました。

公園の雪をお腹いっぱいに吸い込んでいたからでしょうか、大きく吹き上げられたブルークの潮は、街を覆う大量の粉雪となって降っていきました。街の明るい光を受けて、粉雪は虹色《にじいろ》に輝きながらさんさんと街に降り注いでいきました。街中の人が、急に降ってきた虹色に輝く粉雪に驚いて、空を振り仰いでいます、笑っています、窓からもたくさんの顔がのぞいて大空を見上げ、街を見下ろしています、街中の人が歓迎しています、街中の人が喜んでいます。

ああ、なんてカッコいいクジラだろう！　なんて素晴らしいお別れのあいさつだろう！　カザムは、あんまりうれしくてブルークの背をピシャピシャピシャと叩きました。ブルークは得意そうにザブーンと夜の空深くもぐりました。

それからクジラのブルークは、くるりと向きを変え、真っすぐに一目散に西を目指して泳いでいきました。スイスイスイスイ泳いで戻っていきました。広い麦畑を越え、山を越え、河を越え、牧場を越えてブルークは泳ぎ、雪深い夜の公園へと戻っていきました。

第七章　終わりの一枚

公園では、オープイが、ポプラの木の枝に足を引っかけて、ゆらゆら揺れながらブルークとカザムの帰りを待っていました。考え事をしているようでもありましたし、休憩《きゅうけい》しているようでもありました。

「オープイ、ただいまぁ、楽しかったぁー」

と、カザムが言ったかと思うとクジラのブルークは、シュンシュンシュンシュンしぼんでいって、あっという間に元の割れせんに戻り、カザムの手の中にあるのでした。

カザムはパクリむしゃむしゃ、海苔の巻かれた割れせんを、おいしく食べました。

オープイが、くるりと一回転してポプラの木の枝から離れると、カザムのとなりの雪のクッションにストンと腰を落として言いました。

「さあ、夜もすっかり更《ふ》けた。雪の夜の冒険もそろそろ終わりにしなくてはいけないようだ。そこで、最後の一枚のせんべいは、カザムの希望に応《こた》えるよ。プレゼントしよう。さあカザム、どんなせんべいが欲しい？」

　カザムは、この夜の冒険旅行が終わりに近づいたことを知って少し残念に思いましたが、その一方で、あのはるか下の方に見える、柔らかい明かりのともる家で眠っているおばあさんの元へ、そろそろ帰りたい気も起こっていました。

「最後の一枚……」

　カザムは、慎重に考えました。コクのある胡麻やピーナツの入ったせんべい、パンチのきいたワサビ味や、何気においしいみそ味のせんべい、雑穀《ざっこく》せんべいなどが、すぐに頭に浮かびました。

「でも……今夜のぼくの場合、最後の一枚は、『ぬれせんべい』といきたいですね。味は、そうですね、お任せしましょう」

　カザムはよく考えた結果であることを匂わすように、大人っぽく答えました。

　普通、せんべいは焼いて味を調《ととの》えた後、しっかりと乾燥《かんそう》させてパリパリに仕上げますが、《ぬれせんべい》は、焼きたてを醤油のたれに漬けて、乾燥させないまま仕上げます。独特のねっとりもちもちした食感があって、子どもやお年寄りだけでなく、トレンディー好みの若い人にも人気のせんべいです。

「なるほど、そうきましたか」

と、オープイがどこか愉快そうに、そしてこれも大人っぽく応じました。

「ほら、ゴル爺のぬれせんべい」

たちどころにオープイがリュックから取り出したのは、濃い甘辛味の大きな円いぬれせんべいでした。

「食べてもいいの?」

カザムは、ぬれせんべいを受け取りながら注意深くたずねました。

「どうぞ、どうぞ」

オープイが、にこにこと勧めてくれました。

それでもカザムは、ガブリ! と噛《か》むことは避けて、端っこをちょこっと噛みました。どこかでオープイの「ストップ」の声がかかるのではないかと警戒していたこともありますが、ぬれせんべいは、ちびちびと味わいたい気持ちにさせるせんべいでもありました。

それから反対側の角を、また、ちょこっと噛みました。そうやって、あちらをぽちり、こちらをぽちりとかじって、噛みしめました。

それからまたあちらをぽちり、こちらをぽちりとかじりました。それでもオープイの「ストップ！」の声はかかりません。

ひょいと、オープイがポプラの枝に乗り移りました。そして太い枝にまたがると、手を伸ばして枝に積もった雪をかき集めはじめました。カザムのことは忘れてしまったかのように、集めた雪を手のひらで固めて丸めています。白くて真ん丸の雪の玉を作るのに熱中しています。

カザムは、ますます用心深く、あちらをぽちりこちらをぽちりとかじりました。それでもオープイの「ストップ！」の声はかかりませんでした。そこでカザムは、さて、どんな形に見えるかしらと、改めて手元のぬれせんをながめました。

おやおや、ぬれせんべいのかじり残しは、いつのまにか十字形になっていました。それは、あの南十字星のようなほっそりと形のいい十字形ではなく、ずんぐりむっくりとした十字形でした。四枚の花びらが十字形に開いている大根の花にもちょっと似ていましたが、かわいい大根の花というよりは、何だか、そう、人間が腕を広げて立っている姿に似ていました。

かじり残しのぬれせんべいをしげしげとながめていたカザムは、とうとうしびれを切らして自分の方から、オープイに声をかけようとしました。

とその時、オープイが「カザム、ほらっ」と言ったかと思うと、今まで手の平でこねていた雪の玉を、カザムめがけてピュッと投げました。

カザムはあわてて雪の玉を受け止めようとしましたが、雪の玉は、ミットのようにかまえたカザムの手の中には収まらず、カザムが手にしていた人形《ひとがた》のぬれせんべいの、そのちょうど頭の部分にスポンとはまりました。

「あれっ！」

カザムはきょとんとしています。

「あれ？　あれっ！　うわぁっ！　そうか！　これはけん玉だったんだ！」

第八章　カザムの朝

大きな池のある公園の東、おばあさんの家が朝日に輝いています。雪を跳ね返してまばゆい朝の光が、窓から家の中に差し込み、家の中は明るくさえざえとしています。

台所ではおばあさんが朝ご飯のしたくに熱中しています。こんがり焼いてバターとクローバーの蜂蜜を塗ったトースト、野苺のジャムをかけたヨーグルト、たっぷりの温野菜サラダ、煮玉子。温めたミルクは、黒猫クロッキーの分を取り分けておいて、おばあさんの分には抹茶《まっちゃ》、カザムの分には蜂蜜を加えます。

「今朝の食事はこんなところね」

テーブルを見渡すおばあさんの表情は満足そうです。

おばあさんはテーブルがすっかり調うと、ドアの横に年中吊《つ》るしてある風鈴のところに行って、風鈴を揺らしました。風鈴はチリリンチリリンと小さくてかわいい音をたてました。

黒猫クロッキーが、風鈴の音を聞いて頭をもたげました。クロッキーには、お気に入りのねぐらがいくつもありますが、冬の間は、おばあさんがベッドに入ると、さっさと暖炉の上の棚に行って休みます。暖炉の上は暖かく、それに玄関のドアがよく見えるので、クロッキーとしては、夜間の門番を務めているつもりのようです。

朝は朝で、台所から聞こえる風鈴のやさしい音を聞くと、クロッキーはすぐに目を覚まします。円い毛糸の座布団の上で軽い伸びをすると、暖炉の上から音もなく飛び下りてカザムの部屋に向かいます。カザムの部屋のドアノブを、ジャンプして器用に押し下げ、ドアが開くと、中に入ってベッドのカザムを起こしにかかります。

クロッキーのふかふかの体がふれると、カザムはすぐに眠りから覚めますが、いつもしばらくは目を閉じたままクロッキーの温もりを楽しみます。右に左にパタンパタンと打ちつける長くてふわふわのしっぽにさわったり、グルリリグルリリご機嫌なクロッキーの喉をなでたりします。

「あっ！」

ぬくぬくのクロッキーをなでていたカザムは、不意にクローバーの花野で活躍したクロッキーたちを思い出しました。しっぽの目立つ五匹の動物と一羽の鳥。それからアイシャとマリ！　親指ピアノの音色。青く光る洞窟でのジャンケン合戦、おばあちゃんの南十字星、クジラのブルーク、街に降り注いだ虹色の粉雪。雪のけん玉。公園の雪のクッションから飛び出して行った冒険旅行を、急にはっきりと思い出しました。

カザムはクロッキーを抱き上げると、思い切りよく布団を跳ねのけて起き上がりました。とその時、枕元のハトロン紙の包みが目に入りました。《ゴル爺の手焼きせんべい》と書かれた大きな円いハンコが、包みの真ん中にポンと押してあります。

「あれっ？　これって……おせんべいだ！」

カザムは思わず大声を出しました。

「やったぁー、ゴル爺のところのおせんべいだ！」

カザムはゴル爺のせんべいの包みと黒猫クロッキーを両手に抱え、靴下もはかず飛び出していきました。

「おばあちゃん、おばあちゃん、おせんべいが届いているよ！」

おばあちゃんの揺り椅子の上に、けん玉の包みがあることを、カザムはまだ知りません。

エピローグ

ゴル爺の森が、朝日に染まっていきます。雪の夜に息をひそめていた森が、生き返ったようにすがすがしい呼吸を始めます。木々の枝からは雪が水晶《すいしょう》のように滴《したた》り落ちています。

ゴル爺の森の家では、ゴル爺が朝食の用意をしています。いつもはゴル爺を手伝うオープイですが、今朝はまだ、台所に姿がありません。

ゴル爺は朝食の支度を済ませると、階段のところまで行って上を見上げました。すると、屋根裏の梁に足をかけたまま、眠っているオープイが見えました。両手をだらりと垂らしていて、まるで逆さまに万歳をしているような格好です。逆さまになっていても、目だけは重力に逆らってしっかり閉じています。気持ち良く眠っている証拠《しょうこ》です。ゴル爺はちょっとためらっていましたが、オープイを起こさないことにして、台所に引き上げました。

そこへ、いつもはポストに放り込んでゆく新聞を手にしたとろ爺が、台所のドアを開けました。

「あいつは、まだ寝ているのか?」

テーブルの上に新聞をポンと投げながらとろ爺がたずねました。

「ああ」

「配達が終わったら、寄ってみるよ」

「ああ」

新聞の配達がまだ残っているとろ爺は、サクサク雪を踏みしめて出ていきました。


オープイが食事に下りて来ないのをいいことに、ゴル爺は届いたばかりの新聞をテーブルに広げ、読んだり食べたり飲んだりしています。何とも言えない幸せな時間です。ゴル爺は新聞を読むのが大好きで、毎朝時間をかけて隅《すみ》から隅まで読みます。わからないこともがんばって読みます。

「これは、ようわからんなぁ」とわかるのが楽しくて、ていねいに読みます。さっと読めばわかったはずの記事も、よくよく読んでいるうちに、だんだんわからなくなることがあって、ゴル爺にはそれも楽しいのです。

時には、あまりにもわからないので、声に出して読んだりもします。子どものように一字一字、一音一音、つっかえつっかえ、しかし正確に発音します。ひょっとして記事を書いた人がこの場にいたら、もっとちゃんと書くべきだったと赤面するかもしれません。ゴル爺の朗読に耐えられる文章は、そうそうあるものではありません。

ゴル爺は中国風のお米のポタージュにザーサイを混ぜてたっぷり食べてから、オリーブオイルをかけた塩味のきいたパン、ベーコンエッグと野菜のピクルス、森で採れたちょっと酸っぱいリンゴの甘煮《あまに》を平らげました。

今朝の新聞でゴル爺の興味を引いたのは、四分儀座流星群《しぶんぎざ》の記事と、春まきの種の広告、それに煉瓦《れんが》工場の記事でした。ゴル爺は二杯目のコーヒーを飲みながら、機会があれば是非とも煉瓦工場を見学してみたいものだ、と思いました。

煉瓦工場の記事は、煉瓦工場を初めて訪れた新米記者の、煉瓦造りの工程のていねいな描写《びょうしゃ》、素直な驚き、工場で働く人への強い関心があふれた良い文章で、ゴル爺は心を引かれました。

（とろ爺なら、どこかの煉瓦工場を知っているかもしれん、後で聞いてみよう）

などと、ゴル爺は考えているのでした。

一方でゴル爺は、見るともなくぼんやりと森の方を見ながら、今日の仕事の段取りも考えています。冬は、木々の間伐《かんばつ》に力をいれる時季です。また、乾かしておいた間伐材を使って、チャグーの市に出す木製品を作るのも冬の仕事です。雨季に切って乾燥させておいた蔓で丈夫な籠を編むのも、どちらかと言えば冬の仕事です。

春になると草も木も芽吹き、森は何かとあわただしくなって、外での仕事が増えるからです。ゴル爺は、だんだん新聞から遠くなって目を細めています。それは森のことや農作物のことを考えているときのゴル爺の目です。

窓の向こうに森まで続く細い道が見えます。

☆

その時、オープイがふわりとゴル爺の前に立ちました。目を覚ましたオープイは、梁の「輪っか」から足を引き抜くと、そのままふわふわとただよってゴル爺の前に降り立ったのです。

「ゴル爺　おはよう！」

まだ半分眠っているような声でそう言うと、オープイはまたふわりと飛んで自分の椅子に腰かけました。気が抜けたようにぼうっとしています。

照れ屋のゴル爺は「やあ、おはよう」などとは言わず、「おう」とか「ああ」とか、もごもごつぶやいてオープイの食事の支度に取りかかります。今朝のオープイは、朝のご飯の支度を全部ゴル爺にしてもらいます。こういうときの食事は、なぜかいつもより、余計においしく感じます。

オープイの前に中国風のお米のポタージュ、オリーブオイルをかけた塩味のきいたパン、ベーコンエッグと野菜のピクルス、森で採れたちょっと酸っぱいリンゴの甘煮、ミルクコーヒーが並びました。もちろんクローバーの蜂蜜の壺《つぼ》もあります。

オープイにも好物はありますが、ゴル爺の作るものはどんな料理も大好きで、いつもおいしく食べます。今朝のオープイは、いつにも増して夢中でぱくついています。まるで大仕事を済ませて帰ってきた人のように、また、冬眠《とうみん》明けの腹ペコ熊のように一心不乱に食べています。

そこへ台所のドアが勢いよく開いて、とろ爺が入ってきました。靴の雪をはたくと、マグカップにたっぷりコーヒーを注いでから、どかりとオープイの前に腰を下ろして言いました。

「その食いっぷりを見ると、昨夜の難問は、どうやら自分で解決したようだな」

オープイは、モグモグと口を動かしながら大きくうなずきました。

「とろ爺のヒントのおかげで、カザムの夢をこわさずにすんだよ。昨夜は一晩中カザムと一緒だったんだ」

もぐもぐ。ザーサイを混ぜたポタージュをスプーンで口に運び、ポタージュにから

んだザーサイの味を楽しみます。そのおいしいことといったら！

「うまそうだ」

とろ爺はオープイの食べっぷりに目を細めています。

今度は、セロリやみょうが、キュウリやニンジンのピクルスをサクサクといい音で食べます。ベーコンとパンで皿の黄身をふき取って食べ、最後にリンゴの甘煮を平らげました。ミルクコーヒーに蜂蜜をたっぷりいれてグイグイと飲み干すと、オープイはやっと人心地ついたらしく、満足そうにため息をつきました。

「洞窟さんが、とろ爺によろしくって」

「ほほう、スターダストケイブに行ってきたのか？」

「スターダストケイブって言うの？　あの洞窟さん」

「いや、おれが勝手にそう呼んでいるだけさ。まだ誰にも知られていない洞窟さ」

「確かにそんな感じの洞窟さんだった。……世の中には、現れていないことや物や場所がまだいっぱいあるんだね、この地球には」

オープイは考え深そうに言いました。

オープイは、思い出しています。しっぽの目立つ五匹の動物と一羽の鳥！　思い出すとうれしくなってオープイはクックッと笑いがこみ上げてきました。

アイシャとマリ！　カリンバの演奏が鳴り響きます。

南十字星をじっと振り仰いで動かなかったカザム。今のこの瞬間も静かに青く光り輝いているにちがいない洞窟さん。

くじらのブルークの背中に乗って夜空に飛びこんで行ったカザム。

オープイは、頬杖《ほおづえ》をついてうっとりとしています。カザムと一緒に過ごした、もうはるか昔のことのような気がする、つい昨日の夜のことを懐かしく思い出しています。

「おい、とろ爺、どこか知ってる煉瓦工場が、あるかい？」

「煉瓦工場……なんでまた？　煉瓦を大量に使うことでもあるのか？」

ゴル爺の森の丸太小屋で、大きな池のある公園の東のカザムのおばあさんの家で、そしてチャグーの家々で新しい朝が始まろうとしています。

著者プロフィール
麻野　あさ（あさの　あさ）
チャグー村の住人と同じく、小さな惑星ー地球ー在住
地球住人と共に、人生100年同道中

本文イラスト：田中　伸介

オーセッセン・ベーイプイプイの物語

2024年５月15日　初版第１刷発行

著　者　麻野　あさ
発行者　瓜谷　綱延
発行所　株式会社文芸社
〒160-0022　東京都新宿区新宿１－10－１
電話　03-5369-3060（代表）
03-5369-2299（販売）

印刷所　図書印刷株式会社

ISBN978-4-286-24785-4